Claudia Kociucki

...und wieder kam
Weihnachten so plötzlich!
Lichterkettenliteratur
ohne Lametta

FSC
www.fsc.org
MIX
Papier aus ver-
antwortungsvollen
Quellen
Paper from
responsible sources
FSC® C105338

Die Deutsche Nationalbibliothek verzeichnet diese Publikation in der Deutschen Nationalbibliografie; detaillierte bibliografische Daten sind im Internet über dnb.dnb.de abrufbar.

Die automatisierte Analyse des Werkes, um daraus Informationen insbesondere über Muster, Trends und Korrelationen gemäß §44b UrhG (»Text und Data Mining«) zu gewinnen, ist untersagt.

Umschlagbild: Claudia Kociucki

Verlag: BoD · Books on Demand GmbH, In de Tarpen 42, 22848 Norderstedt
Druck: Libri Plureos GmbH, Friedensallee 273, 22763 Hamburg

ISBN: 978-3-7693-0997-3

Auch als E-Book erhältlich.

Vorwort

Sie kennen das? Kaum hat man Sonnenhut und Strandlaken im saisonalen Zwischenlager verräumt, gibt es in den Läden bereits Lebkuchen, und die vorweihnachtliche Hektik beginnt. Um dem entgegenzuwirken, besorge und bastle ich mittlerweile die Geschenke das ganze Jahr über und verstaue sie in Boxen. Leider habe ich bis zum Fest meist vergessen, dass ich a) bereits etwas habe und/oder b) für wen es sein sollte.

Früher habe ich die Päckchen zudem irgendwo im Haus versteckt, sodass sich weitere Varianten ergaben: c) »Wo hab' ich denn bloß ...?« oder d) »Sieh an! Schade, dass die Kinder jetzt groß sind ...«
Bevor Sie fragen: Natürlich könnte man die Einkäufe und Zuwendungsabsichten minutiös dokumentieren und katalogisieren, aber wo bliebe dann der Zauber der Weihnacht? Ich bitte Sie!

Dieses Jahr bekommen Sie persönlich übrigens weder Socken noch Bratpfanne (ohne Gewähr), sondern kurzweilige und abwechslungsreiche Lesehäppchen – garniert mit Punsch und Plätzchen, mit oder ohne Lichterkette und Lametta. Wie Sie mögen.

Aber keine Eile: Sie können das Buch ganzjährig lesen. Sie müssen sich auch keinen Stress machen: Es enthält nicht exakt 24 Teile, ist also kein Adventskalender. Puh. Mehr Entschleunigung geht nicht, oder?
Und wenn Sie gerade keine Lust zum Lesen haben: Lassen Sie lesen! Auf meiner Homepage finden Sie einige der Texte als Audioversion. (Link und QR-Code zu meiner Homepage finden Sie unten auf dieser Seite.)

Ob lesend oder lauschend, wie und wo auch immer: Ich wünsche Ihnen viel Freude mit dem vorliegenden BEST OF meiner Geschichten und Gedichte rund ums Jahr.

Herzliche Grüße
Ihre
Claudia Kociucki

Informationen über weitere Bücher, meine Lesebühnenprogramme und Termine siehe https://www.tastenwechsel.de
Anfragen bitte per Email an post@tastenwechsel.de

Inhalt

Rund um den Weihnachtsbaum

Rund ums Jahr (Teil 2)

Rundherum

Rund ums Jahr (Teil 1)

Wunschzettelkopiervorlage

Lieber guter Weihnachtsmann,
schau dir meine Liste an!
Vanillekipferl, Schirm und Socken
würden mein Fest nicht so rocken!
Lieber hätt' ich ein Paket
mit etwas Schönem – nur für mich.
Dann lass ich dir, wenn das denn geht,
Glühwein, Stollen und Zimtsterne,
Äpfel, Nuss und Mandelkerne,
Krawatten, Strümpfe – nur für dich.
(Bist du eine Weihnachts*frau*,
gilt das Gleiche, ganz genau.)

Als Geschenk will ich nur eins:

_____ und sonst keins!
[Diese Buchseite bitte einfach kopieren, nach Lust &
Laune verschönern und hier den Wunsch eintragen.]

PS:
Leg Gesundheit und auch Glück
auf *Wiedervorlage* zurück!
(Nicht den Weltfrieden jedoch –
den brauch ich noch.)

Rund um den Weihnachtsmann

Santa Zoom is coming to town

»Leute! Leeu-teee ... Wenn hier alle durcheinander reden, schalte ich euch gleich stumm!«

Der Moderator blickte streng in seine Web-Cam. Irgendjemand schrieb in den Chat *Diktatur!!!* Mit drei Ausrufezeichen. Jessas! Er blickte nach oben. Ging das wieder los ... Himmel, hilf, was für ein Kindergarten, diese Zoom-Meetings! Nun ja, für diesen Winter hatte sich die Menschheit ihre Chance auf echte Konferenzen mit Besprechungskäffchen, auf Face-to-Face-Weihnachtsfeiern und auf leibhaftiges Schrottwichteln redlich verspielt. Da war nicht dran zu rütteln. Selbst schuld! Zum Glück waren bald Weihnachtsferien und man konnte ohne schlechtes Gewissen die sozialen Kontakte und den Rechner herunterfahren. Wie freute er sich auf Heiligabend: mit einem breiten Grinsen den Bildschirm herunterklappen und mit Arnold Schwarzenegger in der Stimme sagen:

»*Hasta la vista*, Home-Office!«

Die wohlige Vorstellung wurde jäh unterbrochen: Beim heutigen Konferenzgast, Niklas, leuchtete das Mikrofonsymbol auf.

»Ich muss mal«, sprach er kaum hörbar in sein Headset. »Kann ich mal auf Klo?«

»Du musst dich nicht abmelden, wir sind hier nicht im Home-School ...«, begann der Moderator, doch da war der Junge bereits aus seinem Gaming-Relax-Sessel herausgeglitten, in seinen virtuellen Minecraft-Bildhintergrund eingetaucht und verschwunden.

»Wir können ja die Zeit nutzen«, meldete sich ein Konferenzteilnehmer mit Baseball-Kappe zu Wort, »wo der Kleine weg ist.«

»Wieso – *wo er weg ist?* Der Junge hat schließlich die Anfrage an uns geschickt, da soll er mitreden dürfen. Sonst hätten wir ihn nicht dazubitten müssen«, empörte sich die Gleichstellungsbeauftragte. »Außerdem sind nach Paragraph …«

»*Oh fucking hell,* lass gut sein mit deiner ewigen Mitbestimmung!«, empörte sich einer und ruckelte seine Kamera zurecht. Die Hälfte des Bildausschnitts nahm nun sein voluminöser Bauch ein, den ein breiter Gürtel zusammenhielt. »Außerdem dachte ich, du bist nur für *Ladies´*-Kram zuständig.«

»Was ist dir denn über Frauen bekannt?«, warf ein älterer Herr mit Vollbart ein.

»Genau, du hast nicht mal eine!«, rief jemand dazwischen.

»*So what?* Seit 1931 komme ich vortrefflich allein zurande. Du, alter Mann, warst auch nie verheiratet, soweit ich weiß.«

Bei der Hälfte der Teilnehmerinnen und Teilnehmer erschienen in der linken Ecke der kachelförmigen Bildausschnitte kleine gelbe Hände, deren Daumen nach oben zeigten. Ob sie generell für das Junggesellenleben votierten, die Aufgabenbereiche der Frauenbeauftragten guthießen oder sich freuten, dass Niklas auf Toilette war, blieb unklar.

»Ich bin nicht nur«, die Gleichstellungsbeauftragte setzte ihre Brille auf, »zuständig für Frauen, sondern auch für Männer und andere Randgruppen – weswegen meine Stelle *Beauftragte für Chancengleichheit* heißt.«

Die ersten applaudierenden Hände waren zu sehen. Es blieb unklar, wofür sie klatschten.

»Demnach«, dozierte sie weiter, »für alle Fragen der Gleichstellung. Ich unterstützte Minderheiten und jedwede Benachteiligte – und Kinder sind in den letzten zwei Jahren gang besonders ...«

»Ja, das haben wir in den letzten Tagen in unseren Teamsitzungen eingehend diskutiert«, unterbrach der Moderator. »Heute ist das Thema – gemäß unserer Abstimmung in der vorherigen Sitzung, wie ihr alle dem Protokoll entnehmen konntet – ...«

»Es gab ein Protokoll?«, quiekte jemand. Zwei Daumen gingen nach oben, der Herr mit Vollbart nickte heftig und hielt mehrere ausgedruckte Blätter so nah an seine Kamera, dass niemand etwas lesen konnte.

»... Wie ihr alle dem Protokoll hättet entnehmen können, beschäftigen wir uns heute mit der Beantwortung von aktuellen Anfragen, so wie der eines gewissen *Niklas9*, der uns fragt, wer ...«

Im Chat ploppte die Frage auf, ob jemand die Datei mit dem Protokoll hier anhängen könne.

Niklas hatte wohl im Off seinen Nahmen gehört: Er schob sich eilig durch das künstliche Minecraft-Szenario hindurch an seinen Schreibtisch, setzte sich und blickte neugierig auf den Bildschirm. Durch seinen Zoom-Hintergrund schob sich ein Arm, und das sah so aus, als würde einem die grüne Creeper-Figur einen Teller Schnittchen reichen mit den Worten

»Warst du schon dran?«

Niklas riss die Augen auf, presste die Lippen zusammen und drehte den Kopf:

»Mama! Shhh!« Er komplementierte seine Creeper-Mutter mit einer Handbewegung aus der Kulisse heraus und lief rot an. Peinlichkeits-Emoji.

»Also, Niklas, magst du uns einmal kurz erzählen, was du gerne wissen möchtest?« Aufmunternd lächelte der Moderator ihn an.

Niklas las leise von einem Blatt ab, das er aus einem Collegeblock herausgerissen hatte:

»Hallo, ich bin Niklas. Ich gehe in die vierte Klasse. Ich möchte gerne wissen: Wer bringt eigentlich die Weihnachtsgeschenke?«

»Na ich!«, freute sich der Mann mit der Baseballcap und hielt einen kleinen Spielzeug-LKW mit der Aufschrift eines bekannten Paketlieferdienstes in die Kamera.

Einige lachten laut auf, einige klickten ein Smiley an, einige winkten ab, einige machten *Pssst!* und schüttelten verschwörerisch den Kopf. Ein spindeldürrer Mann in Grün hatte die ganze Zeit über in der gleichen Position verharrt. Entweder war sein Bild eingefroren und das Programm seit Minuten abgestürzt, oder er kniff einfach extrem diszipliniert seine enganliegenden Augen zusammen und spielte *Wer zuletzt lacht*.

»Ne, ne, *ik natuurlijk!*«, lachte ein braungebrannter schlanker Mann, dessen Name mit *Sr. Klaas* angezeigt wurde. Er saß nicht, wie die meisten anderen, an seinem Schreibtisch, sondern anscheinend an einer Strandpromenade in Spanien und trank Sangria mit einem Strohhalm. Seine Handy-Bildübertragung wackelte.

»Witzig, Señor Klaas, sehr witzig!«, frotzelte jemand.

»Ne, ne, das Sr. *bedoelt niet Señor*. Das steht *voor Sinter!*«

»*Bullshit*«, mischte sich der Dickbauchige ein. »Wie willst du von Spanien aus deinen Job erledigen? Lieferst du mit dem Billigflieger aus? Hahaha! Ich meine: Hohoho! Da, mein lieber fliegender Holländer, braucht es schon die hochkonzentrierte Logistik einer LKW-Spedition!« Er strich sich über den Bauch und nahm einen Schluck aus einer Colaflasche; gleichzeitig erklang von allen Seiten *Holidays are coming, holidays are coming.*

»*Oh, stop it*, Weihnachtsmann!«, knallte es mitten in den Jingle hinein von einer Kachel, die bisher stumm geblieben war. »Wenn ich mich vorstellen darf: Klaus, Santa Claus.« Er zog seine rote Anzugjacke über dem ebenfalls beträchtlichen Bauch straff. »Dazu braucht es einzig einen Schlitten und ein paar hochmotivierte Rentiere. Wie dem auch sei: Du bist nicht echt.«

»*Fake News!* Ich bin so echt, wie man nur sein kann. *Anyway*, bei uns in Michigan kann man seit 1937 eine Ausbildung zum Weihnachtsmann machen. *Learn from the Master! Check it out!*«

Niklas war überfordert und sah mehrmals hilfesuchend nach hinten. Der Creeper spuckte weder einen Arm mit Butterbrot noch die komplette Mutter aus.

»Abgesehen davon«, ertönte die laute Bassstimme, »braucht es niemanden, der den *Dutch Kids* androht, sie mit nach Spanien zu nehmen, wenn sie nicht artig waren, nicht wahr, Sinterklaas?«

»Er macht was?« Die Gleichstellungsbeauftragte war entsetzt und zückte ihren Notizblock.

In der Gesamtansicht der digitalen Konferenz tauchte

ein gelber Daumen-nach-unten nach dem anderen auf.

»Buh!«, rief jemand. Der grüne grimmige Mann verschwand vom Bildschirm – sofort wurde ein Teilnehmer weniger angezeigt. Der Moderator strich den Grinch von seiner Anwesenheitsliste. Erfahrungsgemäß würde im weiteren Verlauf der Sitzung nicht mehr mit ihm zu rechnen sein. Auf Mount Crumpit war die Internetverbindung höchst instabil.

»Leute, Leuuu-teee …!«, versuchte er zu vermitteln und läutete mit einer Glocke.

Der Weihnachtsmob ignorierte ihn.

»Ja, wusstest du das nicht, Frau Frauenbeauftragte?«, stichelte der Weihnachtsmann.

»Es gibt schlimmere Bestrafungen«, fand jemand.

»Und überhaupt«, fuhr der Weihnachtsmann fort, »er bringt die Geschenke viel zu früh: am 6. Dezember. Wo gibt es denn so etwas?«

»*Bij ons in de Nederlands!*«

»Was spricht gegen den Nikolaustag?« Plötzlich war die Kachel mit dem Konterfei vom Bärtigen wieder oben zu sehen. *Nikolaus* stand in der Namensleiste darunter.

»Hä, wie siehst du denn aus?«, entfuhr es Niklas.

»Ich bin alt, mein Kind!«

»1.800 ist doch kein Alter, Alter!«, feixte jemand.

»Ich mein dein Outfit.«

»Ich bin Bischof, mein Sohn.«

»Krass.«

»Ein türkischer Bischof, hahaha …«, lachte jemand.

»Ich muss doch sehr bitten!«, bat die Gleichstellungsbeauftragte. »Derlei rassistisch …«

Weiter kam sie nicht, weil Bischof Nikolaus von Myra

in der weit entfernten Provinz Antalya besänftigend die Hand hob und sagte:

»Seit dem vierten Jahrhundert verteile ich am 6. Dezember Geschenke an Kinder und arme Menschen.«

»Das ist nicht Weihnachten!«, quäkte jemand.

Der Moderator zählte ein lachendes Emoji, eine Tüte mit Luftschlagen, ein Herz, einen Daumen nach oben und einen nach unten. Ferner schienen sich die verschiedenen Weihnachtsmänner im Chat weiter darüber zu streiten, wer der wahrhaftigste unten den echten sei. Er seufzte und schaltete die Mikrofone der anderen stumm. Eine Minute auf die virtuelle stille Treppe – alle!

Er besah sich die kleinen Kacheln mit den Figuren darin. Tatsächlich die reinste *Muppet Show*. Er sah, dass Niklas in sein Mikrofon sprach – natürlich war nichts zu hören. Schon tummelten sich die ersten Eifrigen im Gruppenchat. »Mikro an!« »Hört ihr auch nix?« Der Weihnachtsmann mit dem dicken Bauch und dem breiten Gürtel ahmte Mundbewegungen nach und glotzte wie ein Pottwal mit Kiemenatmung in seine Web-Kamera. Die Gleichstellungsbeauftragte schüttelte den Kopf und machte ein fragendes Gesicht. Kaum war der Ton freigegeben, redeten aufs Neue alle durcheinander.

»RUHE! Zefix …!« Niklas´ Mutter stand mit den Händen in die Hüften gestemmt hinter ihrem Sohn und sah aus wie eine Lehrerin, die bei der Klassenfahrt nachts auf dem Flur Ordnung in den Sack Flöhe bringen will.

Stille. Beinahe. Bei Santa Claus hörte man in der Ferne die Rentiere schnauben.

»Könnt ihr jetzt bitte meinem Sohn erklären, wer

ihm zu Weihnachten die Geschenke bringt, damit diese ständigen Diskussionen zwischen Oma, Opa, älterem Bruder und kleiner Schwester endlich aufhören?!«

Der Weihnachtsmann rülpste. Zu viel Cola.

»Ja, und bitte zügig«, warf der Paketbote ein. »Meine Pause ist gleich um. Wenn ich nicht pünktlich bin, bekomme ich noch mehr Druck von meinem Chef wegen schlechter Bewertungen. Ich kann mir nicht leisten, …«

»… meinen Job zu verlieren kurz vor Weihnachten, wissen wir«, äffte jemand nach.

Der Moderator hob eine Augenbraue.

»Ab jetzt gilt: Wer etwas zu sagen hat, hebt bitte die Hand«.

Ein blasser Junge mit goldenen Locken in einem weißen Nachthemd meldete sich. Er hatte sich bisher noch gar nicht geäußert und war daher in der Bildschirmansicht untergegangen. Mit zarter Stimme begann er:

»Im Mittelalter haben die Kinder am 28. Dezember Geschenke bekommen, das war der *Tag der unschuldigen Kinder*. Oder am 6. Dezember, aber Martin Luther war kein Freund vom Heiligen Nikolaus, …«

»Das stimmt«, bestätigte Bischof Nikolaus.

»… weil er vom Heiligenkult generell wenig hielt.«

»*Dat klopt*«, bestätigte auch Sinterklaas und schlürfte weiter seinen Sangria.

»Die Schenkerei hat er auf den 25. Dezember gelegt«, fuhr der Junge fort.

»*Boxing Day!*«, bestätigten der Weihnachtsmann und Santa Claus wie aus einem Mund.

»*That´s right*«, bestätigte das Christkind, weil es

international tätig war und Fremdsprachen wichtig fand. (Für Lateinamerika hatte es sogar ein paar Brocken Spanisch gelernt; ein bisschen Bayrisch sprach es ebenfalls.)

»Um die Sache abzukürzen, weil unsere Zoom-Sitzung gleich abläuft«, hakte der Moderator ein. Mit Besorgnis linste er zur Kachel von Caspar, Melchior und Balthasar herüber, die es sich auf ihrer WG-Couch gemütlich gemacht und sich noch null an der Veranstaltung beteiligt hatten. Wenn die jetzt mit dem Dreikönigstag und den Geschenken in Spanien loslegten, würden sie kein Ende finden. Man kannte das. Gut, dass diese italienische Hexe heute Urlaub hatte und das Internet bei den Isländern ausgefallen war – Niklas wäre von den gruseligen und garstigen Geschichten sicherlich noch verwirrter und die Mutter beunruhigt. Er wollte den Sack zumachen und Niklas nicht länger warten lassen.

»Leute, wir sollten zu einem Ergebnis …«

In diesem Moment wurde der Bildschirm schwarz.

Klaus allein im Haus?

»Jetzt hören Sie mir mal zu«, raunte Klaus im Schutze der Dunkelheit und des Vordachs in sein Handy, »mir ist egal, ob Sie für solch ein Auftragsvolumen Vorlaufzeit benötigen! Sind Sie nun ein Serviceunternehmen oder nicht? ... Mhh, mhh ... Verstehe. Gut, müssen Sie wissen, ist ja Ihre Stelle. ... Joa, ich mein', wenn Ihr Chef erfährt, welcher Umsatz ihm Ihretwegen durch die Lappen gegangen ist. ... Mhh, flexibel, gerne. ... Aha, geht doch! ... Ja, sprechen Sie mit Ihrem Vorgesetzten! Ich warte auf Ihren Rückruf.«

Unvermittelt beendete Klaus das Gespräch.

»Macht nix, wenn's schnell geht, Sie können ruhig rennen – liegt kein Schnee!«, fügte er in Gedanken hinzu und widmete sich wieder seiner ‚Arbeit'.

»Irgendeiner muss doch passen ...«, beschwor Klaus seinen mächtigen Schlüsselbund, und ein Dietrich nach dem anderen glitt leise klimpernd wie ein Weihnachtsglöckchen durch seine geübten Finger. Er hatte wie immer zur Sicherheit zuvor an der Haustür geklingelt, aber niemand war gekommen. Das war ein gutes Zeichen, auch wenn das Licht im Flur des würfelähnlichen Einfamilienhauses brannte. Doch Klaus Pukki hatte weder Augen noch Zeit für anachronistische Architektur oder geometrischen Garten- und Landschaftsbau, denn wie immer auf seinen vorweihnachtlichen Streifzügen musste es schnell gehen. Verdammt schnell und, verdammt nochmal, unauffällig.

»Früher war wirklich alles besser«, brummelte Klaus vor sich hin – und das nicht zum ersten Mal an diesem Tag. Ja, früher, als er in seiner südfinnischen Heimat die zweijährige Ausbildung durchlaufen hatte, da war vor allem das Anschleichen wesentlich einfacher gewesen als hier und jetzt. Zum einen war es dort ab nachmittags stockdüster, zum anderen konnte man jederzeit blitzschnell in der hauseigenen Sauna verschwinden, bis die Luft wieder rein war. Und in England, wo er im Anschluss das obligatorische Auslandsjahr absolviert hatte, war es obendrein viel leichter, überhaupt in die Häuser zu gelangen. Die Immobilien in seinem Aktionsgebiet verfügten nämlich zumeist über echte Kamine, durch die es sich problemlos hindurchschlüpfen ließ. Zumindest dann, wenn man über eine entsprechend ansprechende Silhouette verfügte. Aber da Klaus fand, dass man die salzlosen Erbsen, die Pürees und das gedünstete Fleisch höchstens anspruchs- und/oder zahnlosen Altersheim-Insassen anbieten konnte, war es ihm zunächst nicht schwer gefallen, sein Gewicht zu halten. Behände wie ein junges Rentier flutschte er des Nächtens durch die engen Schächte. Analog zu einer sich anschließenden ausgedehnten Fish-and-Chips-Phase dehnte sich jedoch auch Klaus höchstselbst in relativ kurzer Zeit aus, und so wurde seine Arbeit immer beschwerlicher. *Finally* und *very unfortunately* war er gezwungen, sein EU-Praxissemester abzubrechen. Good bye, England und Herzlich willkommen in gutt oult Dschörmenie!

Und genau da stand Klaus Pukki nun: abends halb zehn in Deutschland. In einem riesigen Neubauwirrwarr am Rande einer mittleren Kleinstadt – mit einem Großauftrag, den er heute voraussichtlich wieder einmal nicht würde erfüllen können. Dabei drängte die Zeit. Sein Auftraggeber ebenfalls. (Hoffentlich ging sein perfider Plan auf, den er vorhin geschickt eingefädelt hatte. Mal sehen, was der Rückruf dieser Dame ergeben würde. Zum ersten Mal seit Langem erwog Klaus, ein Stoßgebet gen Himmel zu schicken, verwarf aber den Gedanken sofort wieder. Er konzentrierte sich lieber auf den ihm innewohnenden Realismus sowie auf das unbemerkte Öffnen des vor ihm liegenden Türschlosses.)

»Augen auf bei der Berufswahl,« schalt Klaus mehr sich selbst als posthum seine Berufsberaterin, die ihn kurz vor Ende seiner Schulzeit in diese ungewöhnliche Erwerbstätigkeit – und damit in sein gefühltes Verderben – gedrängt hatte. Leider kein Einzelfall. Doch nun hieß es, das Beste aus der Situation herauszuholen. Oder besser gesagt: aus dem reichhaltigen Angebot, aus dem er bei seinen Zügen durch die Gemeinde schöpfen konnte.

»Bingo!«, entfleuchte es Klaus. Die Goethestraße Nummer 24 stand ihm nun offen. Jetzt folgte der spannende Teil: Was würde ihn auf seinem Weg durchs Haus erwarten? Würde er schnell alles finden, was er suchte? Und vor allem: War doch vielleicht jemand daheim? Klaus Pukki hatte das schon allzu oft erlebt. Was hatte ihn die letzten Tage und Wochen nicht alles von einem erfolgreichen Abschluss abgehalten und an den Rand des Wahnsinns und eines Herzinfarktes gebracht?

Neulich in der Elisenstraße, zum Beispiel, da hatte er sich um drei Uhr nachts absolut in Sicherheit gewogen. Wieso auch nicht? Nirgendwo brannte Licht, im Haus war es mucksmäuschenstill. Nach getaner Arbeit ging er schnellen Schrittes durch den Hauswirtschaftsraum und öffnete die Tür, die den Wohntrakt mit der Garage verband. Das helle Neonlicht, das ihn empfing, war nach all den Stunden des Umherschleichens in der Dunkelheit ein echter Schock. Doch nicht nur seine Augen wurden empfindlich getroffen. Vor allem seinen rechten Oberschenkel erwischte es hart, als er von der Metallspitze des Tapeziertisches begrüßt wurde.

»Heilige Scheiße!«, entfuhr es Klaus und er ließ vor Schreck und Schmerz die Reisetasche mit den elektronischen Spielgeräten fallen. Auch das noch!

Doch nicht nur das: Am anderen Ende der Garage stand ein Mann und lackierte irgendwelche Holzteile auf der Werkbank, die sich über die gesamte Breite der Wand erstreckte.

»Gott sei Dank!«, dachte Klaus und atmete aus.

Der Mann trug große Kopfhörer und hatte von all dem Geschepper und Gestöhne anscheinend nichts mitbekommen! Das letzte, was Klaus gebrauchen konnte, waren Handschellen und ein längerer Gefängnisaufenthalt wegen wiederholten Einbruchs. Das würde seinem Auftraggeber und den Endkunden gar nicht gefallen.

Was Klaus seinerseits schon seit Längerem nicht gefiel, ja was ihm regelrecht sein sauer verdientes täglich Brot verhagelte: Heutzutage war man einfach nicht mehr sicher, wenn man in fremden Häusern unterwegs war. Was hatte nicht noch alles seinen Blutdruck in die Höhe und ihn beinahe in die Berufsunfähigkeit getrieben?

Da waren handwerkende Väter oder bastelnde Mütter,

die an Christkindls Stelle die Nacht zum Tage machten, um ihre Lieben mit allerlei Genageltem und Geklöppeltem zu überraschen. Überrascht wurde ein ums andere Mal auch Klaus, zum Beispiel von verhedderten Wollknäueln oder zu Boden gefallenen Schrauben und Nähnadeln. Ihn selbst zwangen auch beinahe täglich hinterlistige Legosteine und herumliegende Haustiere zu Boden. *Sich auf den Bart legen* war für Klaus ein wörtlich zu nehmendes Sprichwort. Vor allem dann, wenn er sich nur so gerade eben noch der Enttarnung durch einen beherzten Sprung hinter den Weihchtsbaum entziehen konnte. Bei seiner Ausbildung hatte er im Fach *Stunts und andere körperbetonte Aktionen, die der Entlarvung durch Konsumrauschsüchtige entgegenwirken* zwar immer ganz gute Noten bekommen, aber er wurde zugegebenermaßen nicht jünger, und die Nadeln pieksten ganz schön im Filz. Außerdem bekam er seinen Adrenalinspiegel kaum zwischen einem Auftrag und dem nächsten in den Griff, denn die halbe Stunde, die es brauchte, bis das Zeug sich im Körper wieder abbaute, hatte er bei dem ganzen Stress einfach nicht. Ständig auf der Hut sein, die ewige Angst, entdeckt zu werden – das zerrte ganz schön an den Nerven.

Neulich in der Badstraße, zum Beispiel, war Klaus wieder einmal plötzlich und unerwartet über einen dieser Nerds gestolpert, der in einer Ecke des Flurs an einem kleinen Computertisch saß. Diese Nachtaktiven, die mit fahlem Teint, brennenden Augen und Ketchup-Flecken auf der Jogginghose vor ihrem Bildschirm hockten und rund um die Uhr virtuelle Leichenteile durch die Luft wirbeln ließen, würden noch mal der Nagel zu seinem Sarg sein, da war sich Klaus Pukki sicher. Glücklicherweise sahen sie durch ihren Tunnelblick nicht, was um sie herum geschah. Glücklicherweise hörten sie ebenso wenig, da sie Headsets auf den ungewaschenen Ohren trugen, um Mama, Freundin oder Nachbarn nicht mit dem Baller-Sound auf die Nerven zu fallen.

Sie alle waren für Klaus ein Risikofaktor – ebenso wie die verängstigten Kinder, die allein zu Hause unter dem Schreibtisch ausharrten, bis die Eltern wieder aus dem Theater zurückkehrten und den Kies in der Auffahrt zu ihrem Haus in der Parkstraße knirschen ließen. Da waren die Turteltauben, die sich im Dunkeln vergnügten, noch am ungefährlichsten, weil in der Regel abgelenkt.

Doch was Klaus Pukki heute in dem würfelähnlichen Einfamilienhaus in der Goethestraße erlebte, brachte das Fass zum Überlaufen. Das brennende Flurlicht hatte er bereits als falsche Fährte entlarvt. Sei's drum. Noch ehe der Finne allerdings realisiert hatte, dass jemand im Wohnzimmer leise sang, stand er auch schon mittendrin. Stand ohne Ausweichmöglichkeit da und war wie gelähmt. Kein Teppich, unter den er kriechen konnte, kein Christbaum, hinter den es sich noch hechten ließ. Vor ihm eine junge Mutter mit fleckigem Pyjama; ein Haargummi hielt das strähnige Haar nur unvollständig zusammen, die dunklen Ränder unter den Augen waren selbst im Halbdunkeln deutlich erkennbar. Sie war barfuß und anscheinend völlig übernächtigt. Den linken Arm hielt sie vor dem Körper, darauf lag bäuchlings ein Säugling – höchstens ein paar Wochen alt. Sie wog ihn auf und ab und sang dabei unaufhörlich eine Liedzeile mit einem zusammenhanglosen Text.

»Schlaf weiter, kleiner Mischa. Es ist schon spät. Mama ist so kalt. Dein Bäuchlein ist bald wieder gut.«

Als sie Klaus erblickte, erstarrte die Frau, sang aber einfach weiter. Tränen rannen über ihr Gesicht. Klaus hob behutsam eine Hand und stellte mit der anderen seine große Tasche langsam auf dem Boden ab.

»Keine Angst! Bitte! Wie lange haben Sie nicht geschlafen?«, fragte er sanft.

»Welchen Tag haben wir denn?«, fragte die junge Frau.

Oje ... Klaus nahm eine Decke vom Sofa und legte sie der Frau um die Schultern.

»Wissen Sie was, ich mache Ihnen einen Tee, und dann sehen wir weiter«, flüsterte er, »ich muss nur kurz telefonieren – ich geh' eben vor die Tür, damit der Kleine nicht wach wird. Ich bin gleich wieder da.«

Klaus Pukki hatte den Kaffee gehörig auf. Und nicht nur den: Glühwein, Punsch, Tee mit Rum und heiße Schokolade obendrein. Das ganze Unterfangen hier entwickelte sich mehr und mehr zu einer Mission Impossible.

»Jetzt reicht's – so kann ich nicht arbeiten!«

Klaus riss sich die rote Mütze vom Kopf und streifte seinen falschen Bart ab. Es war in den letzten Jahren immer schwieriger und nervenaufreibender geworden, aber so etwas wie diese Saison hatte er noch nie erlebt!

»YOLO – you only live once ... Echt jetzt mal!«

Klaus, dessen Nachname auf Finnisch *Weihnachtsmann* bedeutete, kramte aus der Hosentasche sein Handy hervor und wählte erneut die Nummer des Paketlieferdienstes. Vorlaufzeit hin oder her. Sollten die sich doch drum kümmern! Wenn die klingelten, konnte man jedenfalls sicher sein, dass niemand zuhause war.

Es wird Zeit

»Es ist Zeit«, sagte der Weihnachtsmann und steckte seine Taschenuhr zurück in den Mantel.

Er und seine Frau hatten es sich auf den zwei riesigen roten Plüschsesseln, die auf einem Podest im Foyer des Einkaufszentrums standen, gemütlich gemacht. Von der Decke hing ein meterhoher, umgedrehter Weihnachtsbaum und funkelte in allen Farben; aus den Lautsprechern dudelte seit Wochen die gleiche Christmas-Playlist. Selig die, die es schafften, das auszublenden. Santa jedenfalls ging hochkonzentriert die jährliche Aufgabe an, die am heutigen Adventssamstag vor ihm lag. Er zwinkerte Mrs Santa noch einmal aufmunternd zu, reckte sich zu ihrem Sessel hinüber und drückte ihre Hand. Es war das erste Mal, dass sie diesen Job vor den Feiertagen gemeinsam erledigten. Die Zeiten hatten sich geändert, und das hier, das war eines der guten Dinge, die die neuen Zeiten hervorgebracht hatten.

Alle waren sie wieder gekommen: Die Warteschlange mit zig kleinen und großen Menschen wand sich um die gesamte Ladenstraße herum. Einige tuschelten aufgeregt, andere standen ehrfürchtig und ruhig da. Die Weihnachtsfrau sah sich um.

Gut, dachte sie, dass ich diesen dicken Mantel trage, sonst sähen sie bestimmt, wie doll mein Herz schlägt. Es war aufregender, mittendrin zu sein im Weihnachtstrubel, als nur abends bei einer achtsamen Tasse Tee den Tageserlebnissen des Ehegatten zu lauschen.

Als die Musik verstummte und aus den Lautsprechern endlich das Glöckchen erklang, schob der Mann vom Sicherheitsdienst das Absperrseil beiseite. Als erste in der langen Reihe stand ein Geschwisterpaar im Grundschulalter. Sie hielten einander fest an den Händen und zögerten.

»Na los!«, drängelte der Mann. »Wir haben nicht ewig Zeit.«

Die Kinder schauten vom Weihnachtsmann zu seiner Frau und zurück. Die jüngere Schwester traute sich zuerst, löste ihre Hand aus der ihres Bruders und stieg die Stufen bis zum Sessel der Weihnachtsfrau empor. Na, die traute sich was! Der Bruder schüttelte den Kopf und trottete hinterher, blieb vor Mr Santa stehen, ohne dabei seine Schwester aus den Augen zu lassen.

»Das geht klar, mein Junge«, sagte Santa sanft. »Sie ist bei ihr in guten Händen. Uns gibt es die Gelegenheit, ein paar Worte ohne sie zu wechseln, hab ich recht?«

Der Junge blickte sich um und betrachtete die Vielen, die noch ungeduldig in der Schlange standen.

»Keine Sorge«, beruhigte der Weihnachtsmann, »es ist Zeit für alle da. Sag, was wünschst du dir zu Weihnachten?«

Das war das richtige Stichwort, um die Kinderaugen funkeln und alle Unsicherheit verfliegen zu lassen.

»Ich hab' alles aufgeklebt für dich. Hier, guck!«

Die Kinderhand zog eine unordentlich zusammengefaltete Seite eines Schulheftes aus der Hosentasche und streckte sie Santa entgegen. Der nahm das Blatt, strich es glatt und besah sich die Bilder, die der Junge aus einem Spielzeugkatalog herausgerissen hatte.

»Das alles?«, schmunzelte er.

Der Junge nickte ernst.

»Gut«, sagte Santa. »Du wirst das bekommen, was du am meisten brauchst.«

»Und was kriegt sie?«

»Das, mein Junge, wird Mrs Santa regeln. Sie wird für deine Schwester das auswählen, was sie am besten gebrauchen kann. Nun lauft – ich glaube, da vorne wartet jemand auf euch.«

Der Junge war verwirrt: Dinge, die man gut gebrauchen konnte? Na toll! Das klang nach Schlafanzug, einem kratzigem Strickpulli mit Rollkragen oder nach neuen Gummistiefeln. Langweilig!

»Komm!« Er zog seine kleine Schwester mit sich den abgesteckten Weg entlang Richtung Ausgang, wo sie vom Vater in Empfang genommen wurden.

»Und, wie war's?«, fragte der.

Die Antwort ging im neunten heutigen Durchlauf von *Last Christmas* unter.

Mittlerweile hatte sich eine Mutter mit vier Kindern zum Sessel des Weihnachtsmanns vorgeschoben, das jüngste hing strampelnd im Tragetuch vor ihrem Bauch und sog am Schnuller. Sie wippte leicht auf und ab und hin und her, um das Baby zu beruhigen. Anscheinend hatte es andere Pläne. Die Zwillinge hielten sich an der Umhängetasche der Mutter fest und blieben so in sicherer Entfernung vor Santa stehen. Die Älteste hingegen baute sich vor ihm auf, zog die Nase kraus und zupfte schließlich an seinem Mantelsaum:

»Bist du echt?«

»Und ihr, Kinder?«, fragte er zurück. »Habt ihr echte Wünsche?«

Die Drei zuckten mit den Schultern und schauten zur Mutter. Die hielt mit einer Hand das Tragetuch umklammert und schob mit der anderen die Zwillinge weiter Richtung Sessel.

»Macht schon!«, raunte sie ihnen zu. »Ihr wisst doch: der Kleine! Wir müssen nach Hause.«

»Jaja, immer das Baby …«, seufzte die Älteste leise.

Die Zwillinge nickten sich kaum merklich zu, traten an den Plüschsessel heran und flüsterten dem Weihnachtsmann etwas ins Ohr: ein Zwilling rechts, einer links. Was sie sagten, konnte die Weihnachtsfrau nebenan nicht hören, sah jedoch aus den Augenwinkeln, wie das älteste der vier Kinder die Hände in die Hüften stemmte.

»Ey, ich bin dran, ich war zuerst da!«, monierte es und wies die Geschwister weg.

Die Weihnachtsfrau grinste und versuchte sich zu merken, für diese Mutter unbedingt ein Geschenk vorzusehen. Dann widmete sie sich ihrem nächsten Besucher.

Es war für Mrs und Mr Santa ein langer Tag im Einkaufszentrum gewesen, und auf dem Heimweg hatten sie zu allem Übel im Stau gestanden. Alle wollten zu irgendeiner Weihnachtsfeier oder kamen von irgendeinem Weihnachtsmarkt.

»Endlich Zuhause«, seufzte die Weihnachtsfrau und parkte den schweren Schlitten in der Doppelgarage, ihr Mann packte indes vom Holzstapel an der Hauswand ein paar Scheite in einem Korb zusammen.

»Hoch die Hände, Wochenende!«, jauchzte er,

während er durch den Flur in die Wohnstube zum Kamin stampfte.

»Schuhe aus!«, brüllte die Frau des Hauses und stellte ihre eigenen Stiefel auf den Aufnehmer neben der Tür. »Oder lieber: Hoch die Füße!«, ächzte sie und holte aus der Kommode neben der Garderobe zwei Paar warme Kuschelsocken. Die dicken handgestrickten, die aus veganer Rentierwolle.

Inzwischen war das Feuer im Ofen entfacht, eine Kerze brannte auf dem Tisch, und das Teewasser kochte im Kessel. Zeit, beisammenzusitzen, zu reden, zu lachen und den Tag nachzubetrachten. Sie machten es sich zusammen auf dem Sofa unter einer Decke bequem.

»Wie war dein Arbeitstag, Schatz?«, begann der Weihnachtsmann.

»Lustig, dass du das fragst«, kicherte die Gattin, »sonst ist das mein erster Satz, wenn du nach Hause kommst.«

Sie gaben sich einen dicken Schmatzer, schmiegten sich eng aneinander und erzählten sich bis tief in die Nacht, welche Wünsche die Menschen heute an sie herangetragen hatten und was sie ihnen zum Geschenk machen würden.

Dem Jungen, der mit seiner kleinen Schwester ganz vorn in der Schlange gestanden hatte, schenkte der Weihnachtsmann, dass der Vater sich Zeit nehmen würde, mit seinem Sohn mit den Spielsachen zu spielen, die er ihm zum Fest gekauft hatte. Jeden Abend zehn Minuten, nur sie beide.

»Das ist was – für den Anfang«, freute sich Mrs Santa

und wackelte mit den müden Zehen. »Ich hoffe, dem Mädchen hast du auch zehn Minuten ...?!«

»Natürlich! ... Was hat die Kleine sich von dir gewünscht?«

»Das wird dir gefallen: dass ihr Bruder sich jede Woche wenigstens einmal für sie Zeit nimmt, um mit ihr zu spielen, nicht bloß mit seinen Freunden.«

»Gar nicht so bescheiden, der Wunsch«, bemerkte Santa.

»Machbar. Ist längst eingetütet«, lächelte seine Frau stolz. Sie nahm einen Schluck Tee und sah der Kerzenflamme einen Augenblick beim Tanzen zu. »Ich weiß, ich soll mich nicht einmischen«, sprach sie weiter, »aber dieser Mutter, die mit ihren vier Kindern bei dir war, ...«

»Jaaaaaaaaaaaa, was ist mit der?«

»Sie ist zwar *deine* Klientin, doch: Ich möchte ihr gerne etwas schenken, darf ich?«

»Alles gut, Frau. Echte Geschenke gibt es nie genug! Woran denkst du?«

»Ach, es ist vielleicht zu groß ... Ich dachte da an ein klein wenig Zeit für sich selbst, um nach der Arbeit kurz herunterzukommen, um den Ärger vor der Wohnungstür zu lassen und nicht so kaputt zu sein, dass sie es kaum schafft, den Kindern das Abendbrot hinzustellen.«

»Du meinst: Erst einmal in Ruhe einen Latte Macchiato trinken – so wie du das jeden Tag machst, mein Weihnachtsschatz?«

»Exakt: Stumpf aus dem Fenster gucken und durchatmen. Oder in einer Zeitschrift blättern, ein paar Minuten die Beine auf der Couch ausstrecken oder im Bad mal ganz allein für sich sein.« Sie rollte mit den

Augen. »Meinst du, das geht? Bei mir ist das natürlich leichter, so ohne Kinder.«

»Natürlich geht das«, antwortete der Weihnachtsmann, der sofort die passende Idee hatte. »Ich schenke den Kindern einen Plan!«

»Einen Plan?«

»Ja, Liebste, einen Plan – und das Verständnis – von Zeit.«

»Das ist eine gute Idee!« Mrs Santa war Feuer und Flamme. »Wenn die Kinder die Hausaufgaben (oder die Aufgaben im Haus), die sie ohne Hilfe erledigen können oder die Spiele, die sie zusammen spielen oder das Hörbuch, das sie alleine hören oder das Buch, das sie selbst anschauen können – wenn sie das alle zur gleichen Zeit tun, ergibt sich für die Mutter ein ...«

»... ein Zeitfenster ganz für sich, genau. Und wenn ich dem Baby obendrauf noch ein bisschen Zeit in Stille oder Zeit zum Kuscheln mit den Geschwistern oder zum Kinderwagenspaziergang mit der Patentante schenke, dann ist für alle gesorgt.«

»Darauf trinken wir!«, freute sich Mrs Santa und erhob ihre Teetasse.

Es wurde ein Abend voller Freude, wie sie erkannten, dass sie den Menschen das Richtige schenken würden. Das Paar, das sich im Alltäglichen aus dem Auge verloren hatte, bekam Zeit geschenkt, innezuhalten und sich neu zu sehen – einander zu sehen. Dem Einen, der im Büro nie eine Pause machte, weil er meinte, das alles sonst nicht zu schaffen, wurde die Zeit geschenkt, zu jeder vollen Stunde fünf Minuten lang vom Schreibtisch aufzustehen, sich zu bewegen, auf andere Gedanken zu kommen, mit anderen zu sprechen, um so viel produktiver zu sein – und letztlich, um länger zu leben. Den Wunsch der Dame mit dem roten Wollschal, der die Ärzte noch maximal ein paar Wochen zu leben gegeben hatten, konnten sie allerdings nicht erfüllen. Für das vom Universum vorgegebene Zeitkonto gab es eben keinen Dispositionskredit, auch nicht zu den Feiertagen. Was sie ihr schenkten, war genügend wache Zeit und ausreichend Luft, sich von allem und allen zu verabschieden. Und so erhielten ihre Liebsten im gleichen Atemzug schon vor Weihnachten ein unerwartetes und sehr kostbares Präsent: den Wert der Zeit.

Rund ums Weihnachtslied

Es war für uns eine Zeit

(*Audioversion mit Klavierbegleitung auf meiner Homepage https://www.tastenwechsel.de*)

Es ist für uns eine Zeit angekommen,
da ist alles anders als bisher angenommen:
Am Weihnachtsbaume die Lichter brennen,
doch statt zum Glühweinstand zu rennen
und uns dicht an dicht zu drängen
bleiben wir daheim – oder auch nicht –
beschimpfen uns,
belachen
die anderen und machen
eine *Fröhliche Weihnacht überall* zunichte.

Advent, Advent ein Lichtlein brennt,
und jedes Kind des Morgens rennt
zur Schule weiterhin, auch wenn die Devise lautet:
Abstand halten!
Doch keiner kann mitnichten schalten, walten,
wie er möchte. *Ihr Kinderlein, kommet,*
so hat es geheißen.
Also: Auf geht's zur Schule, in Massen,
hockt euch in die viel zu engen Klassen
bis zur Weihnacht, der nassen
oder weißen!
Nehmt euch Decken mit, kuschelt euch warm,
denn das RKI schlägt immer noch Alarm.

Macht hoch die Tür, die Tor macht weit,
alle zwanzig Minuten ist Lüftungszeit.
Süßer die Glocken nie klingen,
doch keine der Lehrkräfte kann mehr singen –
die Hälse kratzen vom ewigen Schreien
hinter den Masken.

Ach, könnten wir uns doch vom Eise,
vom Stoff und von der ganzen Scheiße
befreien ...

Doch noch ist die Heilige Kuh nicht vom Eis.
Die einen denken: »Langsam geht's vorwärts«,
die anderen: »Wir dreh'n uns im Kreis«.
Herbei, oh ihr Gläubigen, entscheidet euch jetzt,
in welchen Stall, an wessen Krippe ihr euch setzt!
Folgt ihr dem Banner mit *Be happy, don't worry?*
Nicht? Dann vielleicht dort entlang zu *Better safe*
than sorry?

Ach, liebes Christkind, bitte schenk uns dieses Jahr
doch reichlich Anstand, Mitgefühl und Empathie
füreinander – echt getz ma!
Hefe, Mehl und Klopapier haben die meisten ja –
so viel wie nie.
Und schenk uns reichlich Sachverstand und
Realismus,
denn Wissenschaft scheint eher eine Glaubensfrage
dieser Tage.
Mir kommt es vor, dass so langsam, aber bald
viele ein bisschen *Kling, Glöckchen, klingeling*
im Kopf werden. Das Krönchen spaltet uns, das
kleine Ding.

O Heiland, reiß die Himmel auf,
lass Liebe um uns sein,
lass Milde regnen auf uns drauf!
Schick herunter schöne Töne,
Bilder, Farben und Gedichte,
statt Fake News wahre Worte und Geschichten!

Morgen, Kinder, wird's was geben,
sollten wir es noch erleben.

Drum passt bei allem, was ihr tut,
auf euch und auf die anderen auf – und bitte gut!
Damit wir auch im nächsten Jahr aus voller Kehle,
nah beisammen und mit ganzer Seele
lauthals und aus vollen Lungen
singen, und zwar die Alten und die Jungen:
»*Leise rieselt der Schnee.*
Wie schön, ich bin halbwegs gesund,
mir tut's nur altersangemessen weh,
und ich leb nicht von der Hand in den Mund.«

Drum lasst uns froh und munter sein
und uns recht des Lebens freu'n!
Denn eins scheint uns zuweilen nicht gewiss:
Wie gut wir's haben ... und dass es anderswo viel
schlimmer ist.

Alle Jahre wieder 2.0

(*Melodie: Alle Jahre wieder)

Alle Jahre wieder
nervt in einem fort
die gleiche Wahl der Lieder
in den Shops im Ort.

Playlist rauf und runter –
Glöckchenklang, o Graus!
Jedes Jahr wird's bunter
auf die Ohren drauf.

Dies' Jahr wäre mein Wunsch:
Heimlich, still und leis'
käm das Christkind zu uns.
Geht wohl nicht. Ich weiß.

O du blinkende

(*Melodie: O du fröhliche)

O du blinkende, nonstop klingende,
Pickel bringende Weihnachtszeit!
Welt versinkt im Hamsterrad,
ist alles recht stressig grad.
Mach mal langsam, halt mal an! Es ist so weit.

O du singende, Glühwein trinkende,
in Geld ertrinkende Weihnachtszeit!
Nur noch Zoff im Rudel,
Braten satt und Strudel.
Speck mal ab, besinne dich! Es ist so weit.

O du glitzernde, nur rumsitzende,
sich erhitzende Weihnachtszeit!
Denk mal nach, worum es geht,
worum sich die Erde dreht.
Was ist wichtig, was ist richtig? Noch ist Zeit.

O Weihnachtsbaum

(*Melodie: O Tannenbaum)

O Weihnachtsbaum, O Weihnachtsbaum,
du trägst längst keine Kerzen mehr.
Da blinken tausend LED,
die tun mir in den Augen weh.
O Weihnachtsbaum, O Weihnachtsbaum,
ich liebe echte Kerzen sehr.

O Weihnachtsbaum, O Weihnachtsbaum,
du bist so grellbunt anzuschau'n!
Mit Federboa und Bling Bling
noch nie mehr Plastikschrott dranhing.
O Weihnachtsbaum, O Weihnachtsbaum,
dein Kitsch, der kann mich echt umhau'n!

O Weihnachtsbaum, O Weihnachtsbaum,
man hat dich einfach abgehackt.
Viel besser wär's, du bliebest steh'n,
wir könnten dich im Wald anseh'n.
O Weihnachtsbaum, O Weihnachtsbaum,
bist ökologisch abgekackt.

Rund um den Weihnachtsbaum

Fehlfarbe

Er stach mir gewissermaßen mit seiner Spitze ins Auge. Ich war an meinem ersten Urlaubstag früh morgens aufgebrochen, um Nazaré zu erkunden. Nach ein paar Minuten war ich an dem Aussichtspunkt angelangt, von dem aus man von der Steilklippe der Oberstadt den kompletten unteren Teil des Ortes überblicken konnte. Malerisch. Der Bildausschnitt, der sich mir zuerst bot, bestand zu einem Drittel aus hellblauem Himmel, zu einem Drittel aus dunkelblauem Ozean und zu einem Drittel aus weiß getünchten Häusern mit rot gedeckten Dächern. Es gab kein Grün – bis auf ihn. Mitten aus dem Wirrwarr der engen Straßen da unten ragte ein Nadelbaum hervor. Majestätisch.

»Seht her«, raunte der Tannenkönig den Gebäuden zu, »ich bin weit über euch hinausgewachsen, während ihr zerfallt und zerbröckelt.«

Abends thronte er dunkelgrün in der Mitte des Aquarells, das ich in mein Reisetagebuch malte.

Ich sah ihn täglich. Wenn ich im Atlantik Richtung Land schwamm, von der Strandpromenade aus zur Kabelbahn spazierte oder mit meinem Mietwagen stadtauswärts fuhr, zog er meinen Blick auf sich. Magnetisch. Warum gab es hier mitten im Ort dieses gigantische Nadelgewächs, das aussah wie ein Weihnachtsbaum? Ich folgte seiner Spur durch die Gassen und fand seine Geschichte in dem kleinen Apfelladen von Opa Tiago. Sie erklärt sich beinahe von selbst, wenn man sich vor Augen hält, dass Portugal am äußersten Rand Europas liegt und seine Bewohner seit jeher auswanderungsfreudig waren. Kein Wunder, so sagt man, haben sie doch *den Kontinent im Rücken, die Spanier im Nacken und die Nase im Wind.* Der Atlantik hatte die große Seefahrernation schon immer hinaus in die Ferne gelockt. Heutzutage kehren viele zurück, zumindest für die Sommermonate. Gerne bringen sie eine Erinnerung aus der Fremde mit, die für sie zur Heimat geworden ist. Meistens.

Die kleine Carolina saß am Küchentisch in Bergkamen und weinte bitterlich.

»Ihr seid so gemein!«

Mussten ihre Eltern ihr unbedingt ihren sechsten Geburtstag verderben? Mussten sie ihr ausgerechnet heute sagen, dass sie in den Sommerferien zurück nach Portugal gehen würden? Dass sie dort eingeschult werden würde. Dort, wo sie nicht zuhause war?

»Versteh doch, Lininha, ich habe hier keine Arbeit mehr!« Mama nahm Carolina auf den Schoß. »Ich kann nicht weiter als Schneiderin in der Fabrik bleiben, fast alle werden entlassen. Zudem soll Papa Opas Laden in Nazaré übernehmen.«

»Opa ist krank, ich weiß. Aber meine Freundinnen sind hier!«

So ging es Abend für Abend: Carolina schluchzte, Mama schluchzte irgendwann mit, Papa schwieg und ging mit dem Hund Gassi, bis sich die Lage beruhigt hatte. Bis der Sommer kam.

Dann hieß es Abschied nehmen: vom Vorschulkindergarten, den Freundinnen, dem Spielplatz an der Ecke und von Tommi aus dem ersten Stock. Auf der zweitägigen Umzugsfahrt überdies von der Tante, die seit über als zwanzig Jahren in einem Dorf bei Saarbrücken lebte, das fast vollständig aus portugiesischen Familien bestand. Carolina saß auf der Rückbank, und die ersten sechs Jahre ihres Lebens verblassten mit jedem der knapp zweieinhalbtausend Kilometer. Ihre Schullaufbahn würde statt in einer ehemaligen Bergbaustadt in Deutschland in einem ehemaligen Fischerdorf in Portugal beginnen. Das hatte sie sich anders vorgestellt.

Die ersten Monate an der Silberküste waren trotz allem angenehm gewesen: Carolina hatte im Nachbarhaus sofort eine Freundin zum Spielen gefunden. Abends ging die Familie zum Strand herunter, sah dem Sonnenuntergang zu und hielt sich an den Händen. Der Herbst war milder und trockener als in Westfalen, und die Sonne wärmte Carolinas Herz. Manchmal.

Schnell kam die Adventszeit. Carolina vermisste die Lebkuchen, die Zimtsterne und ihre Schallplatte mit den deutschen Weihnachtsliedern. Am meisten fehlte es ihr, mit Laub zu rascheln, mit Kastanien zu basteln, durch Pfützen zu springen und auf Schnee zu warten.

»Ach, Mama«, seufzte Carolina, »ich will Weihnachten haben!«

»Weihnachten gibt es überall auf der Welt«, tröstete die Mutter.

»Ja, es ist aber nicht wie zuhause!«, beschwerte sich die Tochter.

»Du bist jetzt hier zuhause!«

Daraufhin blieb Carolina stumm, denn sie wollte die Mama nicht enttäuschen.

Opa Tiago war nicht verborgen geblieben, was das Mädchen so traurig machte. Er hatte sich gedacht, dass das passieren könnte. Seitdem sein Sohn damals mit seiner Frau ausgewandert war, hatte der alte Mann eine besondere Überraschung vorbereitet für den Fall, dass sie einmal remigrierten. Es hatte Zeit gebraucht. Zeit und Wasser.

Schließlich nahte das Weihnachtsfest. Die prunkvolle Messe nachts in der Wallfahrtskirche, die erwartete Carolina mit Freude – auch wenn sie die Kirchenlieder noch nicht auf Portugiesisch mitsingen konnte. Weihnachtsstimmung kam bei ihr dennoch nicht auf, zumal es mit rund fünfzehn Grad erheblich wärmer war als in Bergkamen. Auch waren das Meeresrauschen und der Sand zwischen den Zehen nicht sehr weihnachtlich, fand Carolina.

»Das Jesuskind ist auf sandigem Boden großgeworden«, sagte die Oma.

»Das gilt nicht«, sagte Carolina. Außerdem stünde nirgendwo in der Bibel, dass Jesus mit seinen Jüngern eine Sandburg gebaut hätte!

»Carolina!«, schalt die Oma und bekreuzigte sich.

Dass es in Nazaré sogar zwei Tannenbäume gab, wusste ich am Anfang nicht. Als ich im zweiten Jahr erneut die Stille des frühen Morgens für einen Spaziergang nutzte und die Treppe zur Oberstadt hinaufstieg, machte ich Rast auf der Hälfte des Weges. Ich setzte mich auf eine Bank in der Felswand und genoss das aufgeregte Schreien der Möwen, die sich um die Fischkadaver rund um die Boote stritten. Die Sonne kletterte von links über den Hügel und tauchte den Himmel, den Ozean und die Häuser zweihundert Meter unter mir in ein leuchtendes Gelb. Da fielen sie mir auf, die Tannen. Sie sahen zu mir hoch und empörten sich, wie ich sie für ein und denselben Baum hätte halten können.

Schimpft ihr nur, dachte ich, ich habe meine Lektion ja gelernt: Zuweilen bedarf es einer anderen Perspektive und einer Pause, um etwas Neues zu entdecken.

Die Tannen standen nur ein paar Gassen voneinander entfernt, bislang hatte ich lediglich die eine in der Nähe des Strandes gesehen. Merkwürdig. Sie war kleiner und breiter als ihr Pendant, welches weiter oberhalb stand. Sie schaute sogar mehr wie ein Weihnachtsbaum aus, war insgesamt spitzer.

Carolinas Großelternpaare lebten beide in Nazaré. Die Opas waren vor vielen Jahren auf exakt die gleiche Idee gekommen und hatten jeder heimlich eine Tanne gepflanzt. Die beiden Männer hatten sich noch nie leiden können, sie grüßten sich nicht einmal, wenn sie sich sahen. So erfuhr niemand von den Christbäumen – bis Carolina mit ihren Eltern ihr erstes Weihnachtsfest in Nazaré feierte und natürlich all ihre Großeltern besuchte.

Es war das schönste Weihnachtsfest, das Carolina je gefeiert hatte! Sie lernte ihre vier Omas und Opas richtig kennen, und das Gute daran war: Die merkten ihrerseits, dass sie doch nicht so verschieden voneinander waren, wie sie lange Jahre gedacht hatten. Wenn die Liebe zu Carolina sie verband – was sprach dagegen, den uralten Streit beizulegen?

So kam es, dass zwei Tannenbäume ein kleines Mädchen glücklich machten und gleichzeitig zwei Familien wieder zusammenbrachten.

Das alles ist viele Jahre her, und Carolina ist mittlerweile Inhaberin des kleinen Obstladens, seit ihr Vater zu krank ist, ihn weiterzuführen. An der Wand hängen zwei Fotos ihrer Großeltern, aufgenommen vor dem kleineren und dem größeren Nadelbaum. Schwarz-weiß natürlich. Ich habe nie einen schmackhafteren Apfel gegessen als an dem Tag, als Carolina mir die Geschichte zu den beiden Bildern erzählte.

Sollte ich jemals zur Weihnachtszeit hier sein, werden sich die Nazarenos wundern, warum an den Ästen der Tannen zwei glitzernde Kugeln hängen. Apfelgrün natürlich.

I phone

Das Handy klingelt, ich geh dran.
»Ich bin's«, hör ich, »der Weihnachtsmann«.
»Woher hast du ...?«, will ich fragen,
doch da hör ich ihn was sagen:
»It's me, it's Santa« und »I phone ...«
Der Satz, der wird nix – das seh' ich schon.
Ich sag: »Hey, Santa, why in English?
Und überhaupt: Dein Satz, der stimmt nicht!
In der Verlaufsform heißt's *I'm phoning.*«

Tja. Wär' ich kein Klugscheißer gewesen,
hätt' ein iPhone unterm Baum gelegen.
Doch so macht erst mal heiter weiter
mein altes Nokia *Klingeling*.

Frohe Weihnachten gehabt zu haben

Chronik eines Heiligen Abends:
Am Anfang graute der Morgen, am Ende graute es allen.

24.12., 2 Uhr nachts
Muttern sinkt ungewaschen und bis in die Nasenspitze urlaubsreif ins Bett. Wochenlanger Adventsrummel, tagelanges *Extreme House Decorating* und nächtelange Kämpfe mit Quadratmetern voller Packpapier nebst Geschenkbandrollen fordern ihren Tribut.

Sie kann gerade noch so lange die Augen offenhalten, um sich den Wecker zu stellen.

Vattern schlummert bereits seit mehreren Stunden auf dem Sofa und verfolgt die vorweihnachtliche Wiederholung sämtlicher *Raumschiff Enterprise*-Folgen mit seinem inneren Auge. Offene Augen hingegen behielten das Kleinkind der Familie sowie das Großkind: bis zum bitteren Ende der letzten Episode kurz vor Mitternacht. Doch auch dem Nachwuchs fielen trotz freudiger Erwartung des nahenden Christkinds beziehungsweise trotz ungeduldiger Erwartung der nahenden zahlenden Verwandtschaft irgendwann die Äuglein zu.

Still, still, still – weil's Kindlein schlafen will.

2.05 Uhr

Das Unterbewusstsein registriert die Stille im Raum: Der Fernseher läuft nicht mehr, Vattern wird wach. Obwohl er »ganz doll Rücken« hat, trägt er die beiden Jungs ins Obergeschoss, legt die Brut sachte in die Schlafhöhlen und lässt sich auf seine eigene Schlafstatt plumpsen.

»So is' richtig«, grunzt er zufrieden. »Erst ein Stündchen schlafen – und dann ins Bett!«

2.06 bis 6.00 Uhr

Leise rieselt der Schnee.

6.00 Uhr

Mutterns Wecker klingelt zaghaft. Stünde sie jetzt direkt auf, hätte sie eine minimale mathematische Chance, der Aufgabenflut an diesem Festtag Herr – oder vielmehr: Frau – zu werden. Das hat sie mit ihrer jahrzehntelangen hauswirtschaftlichen Erfahrung plus Mathe als viertem Abiturfach bis auf die Minute genau statistisch geprüft und minutiös durchgeplant. Da braucht's kein SAP und kein Excel – das hat sie im Blut, das hat sie im Kopf, das hat sie im Griff. Wenn da mal nichts ... Ach, was sollte bei guter Planung schon schiefgehen? Der Wecker klingelt weiter vor sich hin, aber nichts rührt sich im Haus. Nur Hundis Schwanz schlägt im Körbchen erwartungsfroh auf und ab. Auf und ab. Auf und ab. Auf und ab.

6.01 Uhr

Der Wecker verstummt, Hundis Schwanz stellt das Wedeln ein. Fehlalarm. Die Schnauze verschwindet mit einem beleidigten Grummeln wieder zwischen den Pfoten.

6.10 Uhr

Der Wecker schellt zum zweiten Mal. Lauter. Eindringlicher. Dröhnender. Vattern brummt wie ein Braunbär mit Verdauungsproblemen, Muttern zieht die Decke bis knapp unter die Lockenwickler. Hundi öffnet kurz das rechte Auge: Nix zu holen – wieder Fehlalarm.

6.11 bis 6.19 Uhr

Muttern findet nicht mehr in den Schlaf zurück: Vor ihrem geistigen Auge ziehen vierlagige Einkaufszettel, meterlange To-Do-Listen sowie Kochrezepte in allen Amtssprachen der EU vorbei. Wusch! Ein Windstoß fegt durch Mutterns Gehirn und Hunderte von gelben Post Its mit Anweisungen an die arbeitsscheuen Familienmitglieder flattern umher. »Ach, was soll's …?«

Muttern quält sich hoch, nicht ohne ihren schnarchenden Gatten noch mit einem Fluch zu belegen.

»Wieso muss ich eigentlich mitten in der Nacht aufstehen, um für deine Mutter die Hütte zu polieren und Kroketten zu rollen?« *Love is in the air* war gestern – heute heißt es: Wut ist im Anflug!

6.20 Uhr

Der Wecker ertönt zum dritten Mal und rasselt jetzt, als gäb's kein Morgen. Hundi setzt sich auf seine Hinterpfoten, wedelt im Körbchen um sein Leben, jankt wie ein Dackel vor der Wurstfabrik. Vattern dreht sich auf die andere Seite und brüllt:

»Jetzt gib endlich Ruhe, oder ich schmeiß dich an die Wand!«

Muttern schlüpft missmutig in ihre Puschen:

»Wen? Mich, den Hund oder den Wecker?«

6.21 bis 15.00 Uhr

Vattern, Groß- und Kleinkind bewegen sich außerhalb von Mutterns Sichtfeld und Aktionsradius. So lautet der Auftrag, so haben sie es gelernt, so handeln sie richtig, wenn sie Silvester noch erleben wollen.

Muttern indes rackert und ackert,
wischt und zischt,
rückt und schmückt,
berieselt und wieselt,
sucht und flucht,
deckt und checkt,
legt und fegt,
wringt und singt:

»*Ihr Kinderlein, kommet ...* mir bloß nicht zwischen die Füße – euch würd' ich Beine machen!«

15.00 Uhr

Muttern beschließt, sich eine Runde aufs Ohr zu legen. Besser ist das, denn sonst fallen ihr bereits im Vorabendprogramm die Augen zu und der Kopf in die Vorsuppe. Da sämtliche Betten seit gut zwei Stunden durch die Kinder, den Hund sowie den ach so überarbeiteten Ehemann belegt sind, lässt sie sich auf die Couch im Wohnzimmer gleiten. Türen und Ohren zu, Kuscheldecke bis ans Kinn, *Friede auf Erden und den Menschen ein Wohlgefallen.* Und Muttern eine halbe Stunde ...

15.03 Uhr
Vattern beendet sein Nickerchen und beschließt in einem Anfall von weihnachtlicher Nächstenliebe, im Wohnzimmer staubzusaugen.

15.04 Uhr
Vattern beschließt geordneten Rückzug, da er sonst im neuen Jahr Unterhalt für eine Ex-Frau sowie zwei minderjährige Kinder zahlen müsste.

15.17 Uhr
Großkind beschließt, heimlich, still und leise unterm *O Tannebaum* nachzuschauen, ob schon Geschenke da sind. Taps, taps, taps – dann bewegt sich die Klinke der Wohnzimmertür nach unten.

15.18 Uhr
Mutterns Augenlider bewegen sich in Zeitlupe nach oben. Die Welt und das Kind halten den Atem an. Mutterns Blick sagt:
»Was ... willst ... du ... hier?«
Mutterns Mund sagt:
»Meine Linke ist tödlich, meine Rechte unerforscht.«

15.19 Uhr
Großkind beschließt ebenfalls geordneten Rückzug, da eine Stimme zu ihm sprach:
»Geh zurück, wo dein Haus wohnt, oder du kommst ins Heim und dann nicht mehr heim!«

15.24 Uhr,
sechs Minuten vor dem Weckerklingeln
Muttern wird von allein wach. Schitte, wertvolle

Minuten verschenkt! Sie schließt krampfhaft die Augen.

15.26 Uhr
Ach, was soll's ...? reloaded. Was du heute kannst besorgen, ... und so weiter).

15.27 bis 18.00 Uhr
Muttern versucht, mit Weihnachtsmusik die Stimmung zu heben: *Oh, du Fröhliche! Oh, du Selige!* Von wegen. Schluss mit fröhlich, nix mit selig! Vielmehr so irgendwie undefinierbar, unspezifisch unwohlgesonnen – oder mit anderen Worten: stinkig. Mit schlechter Laune auf dem Siedepunkt übergießt Muttern halbstündlich die fette Gans auf dem Garpunkt.

Muttern läuft und ersäuft,
knetet und betet,
rollt und schmollt,
rödelt und knödelt,
klappert und plappert,
kleckert und meckert,
rührt und schnürt,
pinselt und winselt.

Vattern, Kleinkind und Großkind begrüßen derweil ausgeruht und in aller Seelenruhe die Heilige Nacht in der Wärme der christlichen Gemeinschaft und in der kuscheligen Enge des nachmittäglichen Kindergottesdienstes unter Abgesang religiöser Volksweisen und unter kontrolliertem Abbrennen von aus der brasilianischen Diaspora importierten Kerzen.

18.00 Uhr

Macht hoch die Tür!

»Mama, begrüß die Omma!«, ruft es aus dem Flur.

»Die Geister, die ich rief«, murmelt es in der Küche. Und da steht es auch schon, das personifizierte Grauen: Schwiegermama! Und Muttern fehlt exakt die halbe Stunde, die sie beim Mittagsschlaf vorsätzlich vertrödelt hat.

18.00 Uhr bis 19.00 Uhr

Schwiegermutter beschäftigt sich mit den Kindern, betüddelt und bedauert ihren Sohn (und prüft mit jedem Blick unauffällig die vermeintlich porentiefe Reinheit des Hauses und der Kinderohren.)

»Das Essen ist gleich fertig, nur ein paar Minütchen noch«, flötet Muttern. Mehrmals.

Die Zeit bis zum Abendmahl wird genutzt: Geschenke für die Kinder wechseln den Besitzer. Der rotwangige Nachwuchs hockt inmitten von Verpackungspapier und Schleifenband. Großkind freut sich über das neue Schlagzeug, ebenso die Nachbarn. Kleinkind rennt hin und her, integriert die Krippenfiguren in seinen *LEGO DUPLO*-Bauernhof und schafft es irgendwie, den berühmtesten Ochsen der Weltgeschichte in das Führerhaus des Traktors zu stopfen. Muttern hängt immer wieder die Kugeln an den Weihnachtsbaum zurück, die der Hund schwanzwedelnd heruntergefegt hat. Vattern kann das Theater nur unter Druckbetankung ertragen. Vielsagende Blicke und spitze Bemerkungen wechseln den Besitzer.

19.00 Uhr

Kleinkind legt den rosa Stressball in die Krippe, den Großkind Muttern geschenkt hat. Maria sieht gleich viel entspannter aus. Muttern nicht.

»Papa von Chrisssskind Windeln kaufen muss!«

Knallhart recherchiert: In der mit Hamsterstreu ausgelegten Krippe befindet sich lediglich ein einziges Auffangtuch für die frühkindlichen Hinterlassenschaften, und zwar am Objekt selbst.

»Schreib doch ´ne Petition an den Papst und bitte um eine Erweiterung der Bibelstelle«, schlägt Muttern vor. Josef möge doch von Maria aus dem Stall geschickt werden, eine Packung Windeln der Größe *Newborn* im *ALDI Mittelost* besorgen, um der Weihnachtsgeschichte ein bisschen mehr Authentizität zu verleihen.

Das zweijährige Kleinkind ist zufrieden; das dreibeinige Kamel ist umgefallen; die vierbeinige Weihnachtsgans würde weiterhin im eigenen Saft schmoren, wenn es denn noch welchen gäbe ...

19.15 Uhr

»Das war doch nicht nötig ...!«

»Wir wollten dieses Jahr doch nicht ...!«

Erwachsenen-Bescherung. Muttern sieht aus Vatterns Richtung einen Briefumschlag und somit einen weiteren Gutschein auf sich zukommen, der nie zur Einlösung kommen wird. Mit spitzem Mund und spitzem Gegenstand öffnet sie das Kuvert. Großkind ist irritiert und wendet sich an seinen Vater:

»Hä? ‚König der Löwen‘? Das haben wir doch schon

letztes Jahr von Mama – äh: vom *Christkind* – geschenkt bekommen!«
Stille Nacht.

19.30 Uhr
1.) Der Feuermelder meldet ernsthafte Rauchentwicklung aus Richtung Küche.
2.) Schwiegermutter meldet sich aus dem Fernsehsessel:
»Ach Kindchen, für mich hätten doch auch Bockwürstchen und Kartoffelsalat gereicht!«
3.) Muttern meldet eine Krise an. Sie stapft in die Küche, öffnet das Fenster und kratzt die verkohlten Leichenteile vom Boden des Bräters.

19.45 Uhr
Aus dem Wohnzimmer hört Muttern *Last Christmas* sowie zeitgleich Treckergeräuschimitationen, Trommelwirbel und klirrende Christbaumkugeln. Eine Bierflasche wird geöffnet, der Kronkorken fällt zu Boden. Schwiegermutter ruft in Richtung Küche:
»Und, Kindchen, so'n paar freie Tage sind doch auch mal ganz schön, oder?«

Rund ums Jahr (Teil 2)

Neujahrsansprache – oder:
To Do Or Not To Do

Tipp 1:
Einfach die alte Jahreszahl über der To-Do-Liste durchstreichen und das nächste Jahr drüber schreiben.

Tipp 2:
Montag. Man fängt immer montags an.

Tipp 3:
Öfter mal Dinge von der *To-Do-* auf die *Was soll's-*Liste schieben.

Tipp 4:
Keine Vorsätze! Niemals. Vorsätze sind so erste Lebenshälfte.

Tipp 5:
Lass dir nichts einreden: Der Jahreswechsel ist ein Konstrukt und wird von der Glücksschwein-Industrie gesponsert.

Tipp 6:
Was du am 23. September nicht auf die Kette kriegst, schaffst du auch im neuen Jahr nicht. Für Sie getestet.

Tipp 7:

Jeder Moment kann ein Life-Changer sein. Oder eben nicht.

Tipp 8:

Love it, change it or leave it.

Tipp 9:

When nothing goes right, go left.

Tipp 10:

Friede auf Erden. Das wäre mal ein guter Vorsatz. #TBD

Rundherum

Apfel ist aller Ende Anfang

»Für eine arrangierte Ehe hätte ich es wirklich schlechter treffen können«, dachte Adam und biss genüsslich in den Apfel, den er soeben von dem Baum gepflückt hatte, an dem er nun lehnte. »Mein Gott, diese knielangen Haare ...«

»Du hast mich gerufen?«, flüsterte der aus dem Off und kicherte leise.

»Shhht«, machte Adam und hoffte, Gott würde sich diskret zurückziehen. Sicher konnte man sich nie sein, das hatte er bereits herausgefunden. Das Letzte, was er heute gebrauchen konnte, war eine Anstandsdame! Er musterte kauend diese – wie hatte Gott sich ausgedrückt? – *Frau*, die mit einem Korb in der Hand auf ihn zukam. Sie war zu spät. Dabei schien sie keine Zeit verlieren zu wollen, denn dass sie beim ersten Date gleich nackt auftauchte, sagte einiges ...

»Hi«, sagte Adam, und versuchte, so lässig wie möglich aus der Wäsche zu schauen. Er streckte ihr die Hand hin, zog sie jedoch sofort wieder zurück. Vielleicht schickte sich das nicht – dort, wo sie herkam.

Die Frau lächelte und hob eine Augenbraue.

»Gott zum Gruße«, hauchte sie und strich sich eine Haarsträhne aus dem Gesicht.

»Äh, natürlich: Grüß Gott! Meinte ich ja.« Schnell fügte er hinzu: »Adam.«

Die Langhaarige runzelte die Stirn und sah ihn fragend an. Toll, lief spitze, die Vorstellungsrunde.

Hätte Gott ihm nicht eine aussuchen können, die ein bisschen weniger begriffsstutzig war? Nun, vielleicht konnte man nicht das Gesamtpaket haben. Oder täuschte sie nur vor? Weiter kam er nicht mit seinen Gedanken.

»Ich habe mir für unser erstes Treffen ein Picknick überlegt«, sagte sie und hielt Adam den Korb hin.

»Schön...!?«, sagte er langsam. Er hatte keine Ahnung, was das bedeutete.

»Ja, komm, dort hinten geht die Sonne unter!« Sie stellte Adam den Korb vor die Füße und wandte sich zum Gehen.

»Können wir nicht gleich hier ...?« Bloß nicht sinnlos herumlaufen, seine Rippen schmerzten noch immer.

»Wie du möchtest.« Die Frau öffnete den Korb und zog ein großes Stück Stoff hervor, das sie sogleich auf dem Boden ausbreitete.

»Was wird das?«

»Pick-nick!« Sie rollte mit den Augen.

»Herrgott nochmal!«, dachte Adam. Wie sollte er mit dieser Frau eine Dynastie gründen, wenn er kein Wort von dem verstand, was sie redete? Über dem Baum donnerte es leise. Schon gut, er hatte verstanden: Gott würde sich vermutlich irgendetwas dabei gedacht haben.

Inzwischen hatte die Langhaarige Allerlei aus dem Korb gezaubert und mittig auf dem Stoff platziert. Adam runzelte die Stirn.

»Was ist das alles?«

»Ach das, nicht der Rede wert«, winkte sie ab und begann aufzuzählen: »Gedeckter Apfelkuchen, getrocknete Apfelringe, Apfelkompott mit Stücken – ist noch warm!«

»Und was ist das Flüssige da?«

»Apfelschnaps«, sagte die Frau stolz. »Den musst du probieren!« Sie goss ein wenig davon in ein kleines durchsichtiges Gefäß, reichte es Adam und sah ihm tief in die Augen. »Ich heiße übrigens Eva.«

»Das gefällt mir«, antwortete Adam, nachdem er das Gefäß in einem Schluck geleert hatte. Ob er die für ihn vorgesehene Frau meinte, das Getränk, das warm und scharf seine Kehle hinunterlief, oder dieses Picknickdings, wusste er nicht auseinanderzuhalten.

Fünf Gefäßvoll später war es egal: Adam und Eva lagen um den Korb herum auf dem Stoffstück, und plötzlich lief die Chose 1A. Sie redeten über Gott und die Welt.

»Möchtest du Kinder?«, fragte Eva.

Adam verdrehte die Augen.

»Was?«, lachte Eva. »Zu schnell?«

»Zu überflüssig«, entgegnete Adam. »Der göttliche Plan steht.«

»Sicher, aber ... Ich will mindestens zwei!«

»Was ist, wenn die sich nicht leiden können?«

»Da sind doch die Eltern schuld!« Eva nahm ein weiteres Stückchen Kuchen und schob es sich in den Mund.

»Wenn die sich ständig in den Haaren liegen und sich letzten Endes die Köpfe einschlagen? Ich denke nicht.« Adam probierte einen Löffel Kompott. Uh, sauer! Vermutlich Boskop. »Wie dem auch sei: Ich weiß nicht, ob ich damit umgehen könnte.«

Eva ließ die Arme in den Schoß sinken und dachte ebenfalls nach. »Viel Verantwortung, das«, gab sie zu.

»Eben«, sagte Adam und biss in einen Apfelmuffin. »Ich weiß nicht, ob ich dazu schon bereit bin. Und was«, fuhr er kauend fort, »wenn sich nicht nur unsere Kinder fetzen, sondern ebenso deren Kinder, und die kämpfen wiederum gegen andere und ...?«

»Andere? Wer? Warum?« Eva schien verwirrt.

»Gründe gibt es bestimmt genug! Vielleicht streiten die sich um ... um ... was weiß ich ... um die Apfel- ernte, oder irgendwer hat etwas Gemeines über Gott gesagt, oder der eine will die schöne Langhaarige pick- nicken, die eigentlich einem anderen versprochen ist, oder ...«

»Ach so«, stieg Eva ein, »du meinst, die Menschen wollen immer mehr, und gucken ganz genau hin, was die anderen haben, und ...«

»... und gönnen sich die Äpfel auf dem Kuchen nicht, richtig!« Adam kam in Fahrt und rückte an Eva heran. »Möglich, dass jemand auch ein köstliches Apfel- schnapsrezept erfindet, ein anderer stibitzt es und gibt es für seins aus. Dann stehst du da und schämst dich, weil es dein missratener Ur-Ur-Ur-Urenkel ist.«

»Und du wärst schuld!« Eva tippte ihm auf die Brust.

»Ich?«

»Klar, du hättest ja angefangen mit dem Kinder- machen!«

»Siehst du!? Anderes Beispiel: riesige Apfel- plantage«, sponn Adam den Faden weiter. »Die Besitzer sind dick im Apfelstrudelgeschäft, und alle Nachbarn werden gezwungen, mit anzupacken.«

»Haben die etwas davon?«

»Nichts. Kein einziges Stück, weil sie alles an den

Apfelclan abdrücken müssen. Das Mehlkombinat stoppt wegen der miserablen Bedingungen irgendwann die Lieferungen – die Müller gründen eine Gewerkschaft, die blutig von den Apfelstrudel-Imperialisten niedergeschlagen wird. Die Kindeskinder der Kindeskinderkinder bauen immer größere Apfelverwertungsfabriken, expandieren und zerstören die Umwelt. Sie holzen Wälder ab, weltweit, um Flöße zu bauen, mit denen sie ihre mehrstöckigen Apfeltorten bis ins Alte Ägypten verschiffen, und ...« Adam holte Luft.

»Was? Ich versteh kein Wort.«

Adam ging darüber hinweg. »Wollen wir das?« Er sah Eva tief in die Augen.

»Nein!?«

Adam nickte zur Bestätigung. »Lass uns einfach Freunde bleiben, ja?«, schlug er vor.

Eva zuckte mit den Schultern. »Okay. So Gott will.« Sie überlegte, kramte etwas aus dem Korb hervor und hielt es ihm unter die Nase. Es roch verführerisch. Sie grinste. »Noch ein Apfeltörtchen, Adam?«

Heilands heiligs Milchvieh

Seit mehr als einer Stunde schon saß Alt-Bäuerin Luise Huber in dem winzigen Bad Reichenhaller Reisebüro und fragte sich, ob der *Buab* dort hinter der Theke überhaupt eine Ahnung von dem hatte, was er da tat. Wie konnte er auch? Der Eder-Flori musste doch höchstens ... War der Dreikäsehoch nicht gerade erst mit der Mittelschule fertig geworden? Hach, wie die Zeit verging!

Vor zehn Jahren war sie das letzte Mal hier im Geschäft gewesen und hatte – noch beim alten Joseph Eder – eine Busreise für sich und ihren Alfred gebucht. Gott hab ihn selig! (Also ihren Alfred, nicht den Eder-Joseph, der lebte ja noch.) Ihre Kinder, Enkelkinder und Geschwister hatten ihnen die Fahrt nach Rom zur Goldenen Hochzeit geschenkt. Gottes Segen wollten sie sich im Vatikan abholen. Und nun war es vorbei mit ihm. (Also nicht mit dem Vatikan, Grundgütiger, nein, mit dem Alfred!)

Oma Luise wischte sich eine Träne aus dem Auge, strich ihre Dirndlschürze glatt und richtete eine Haarnadel in ihrem sorgsam geflochtenen silbergrauen Haarkranz. Das Leben ging weiter, und sie wollte nicht mit Gott und ihrem Schicksal hadern. Womit die rüstige Rentnerin aus der lokalen Agrar-Branche allerdings haderte, war der junge Mann, der ihr gegenübersaß und ständig auf diese ... diese Computer-Maschine starrte. Neumodischer Kram, der!

Früher, ja früher, da hatte es noch stapelweise bunte Prospekte gegeben! Die nahm man in Ruhe mit nach Hause auf den Hof, blätterte sie vor und zurück und kreuzte nach reiflicher Überlegung und hitzigen Diskussionen am Kaffeetisch das Gewünschte an. Die betreffenden Seiten riss man aus dem Katalog heraus, brachte sie zurück ins Reisebüro, der alte Ederer telefonierte dann stundenlang mit irgendwem in irgendwo und am Ende trug man feierlich die hochheiligen Fahrscheine und Hotelreservierungen nach Hause. So lief das in der guten alten Zeit! Doch seit der Alte schweren Herzens das Reisebüro an seinen Enkel Florian übergeben hatte, schien alles anders zu sein.

Die Huberin wartete geduldig. Irgendwann lugte das Gesicht des jungen Reisebüro-Inhabers wieder hinter dem Bildschirm hervor, und er schob ihr eine Mappe mit allerlei Kleingedrucktem hin. Aus ihrem neuen braunen Lederbeutel kramte die alte Dame einen großen Umschlag hervor. Die versammelten Hubers hatten zu Luises 80. Geburtstag wieder einmal Geld für eine Reise gesammelt. Florian Eder hatte noch nie so viele zu Schmetterlingen gefaltete Banknoten und glänzende Eurostücke auf einen Haufen gesehen, geschweige denn so viel Bargeld in seiner Kasse gestapelt. Die Zeiten waren vorbei!

Als der fällige Gesamtbetrag schließlich beglichen war, nahm die Seniorin ihre Reiseunterlagen an sich und bedankte sich pflichtschuldig. Dieser junge Mann war zwar sehr bemüht gewesen, das musste sie zugeben, aber er hatte dermaßen leise gesprochen … Dem Herrn sei Dank hatte sie diese Tortur nun hinter sich. So Gott wollte, würde sie am kommenden Freitag früh morgens in den Zug steigen und am Sonntag mit anderen wanderfreudigen Katholiken an der Wallfahrt zu den weltberühmten Bamberger Krippenfiguren teilnehmen. Das Besondere an dieser sakralen Holzschnitzgruppe war, dass es neben Ochs und Esel eine Handvoll bayerischer Milchkühe in den hochheiligen Stall geschafft hatte, um dem neugeborenen Heiland zu huldigen. Die Huberin freute sich darauf, Berta, Elsa und Vroni, die Schutzpatroninnen-Dreifaltigkeit der bajuwarischen Milchbauern, endlich in natura zu sehen. Eine wahre Traumreise!

Ihrer traumhaften Reise ein gutes Stück nähergekommen, erhob sich die Jubilarin, rückte die Schürze über ihrem Dirndlrock zurecht und verließ mit einem resoluten Gottesgruß das Reisebüro. Sie trat hinaus auf die von betagten Touristen bevölkerte Einkaufsstraße und holte tief Luft. Schnell setzte sie ihr Kopftuch auf, verknotete es unter dem Kinn und drückte ihre Ledertasche fest an sich. Man hörte und las jeden Tag von diesen Ganoven, die … die … jawohl! … auf Motorrädern daherkamen und wehrlosen alten Damen die Handtasche von der Schulter rissen. Luise Huber schimpfte sinngemäß irgendetwas von *gottesfernem* Gesindel (wie immer, wenn sie an den weltumspannenden Sittenverfall dachte). Sie dachte an die Worte ihres Enkels Kevin – dem Herrn Pfarrer war sie bis heute gram, dass er sich gegen eine stattliche Spende in der sonntäglichen Kollekte bereit erklärt hatte, den Buben auf diesen unchristlichen Namen zu taufen. Wie versuchte er sie noch allwöchentlich zu beschwichtigen?

»Ah geh, Oma, jetzt hörst aber auf! Des hat's hier noch nie ge'm.« Außerdem gebe es hier in der Fußgängerzone gar keine Motorräder.

»Man weiß ja nie!«, dachte die alte Dame. Die Wege des Herrn (und möglicher Fluchtfahrzeuge) waren schließlich unergründlich.

Zur Sicherheit beschwichtigte die Alt-Bäuerin den Herrgott mit einem verstohlenen Kreuzzeichen, sog die saubere oberbayerische Landluft ein und ging los. Sie freute sich auf die Städtereise, die sie soeben gebucht hatte. Zwar hatte der freundliche Mann im Reisebüro mehrfach angemerkt, dass es ein beschwerliches Unterfangen und eine lange Fahrt werden würde. Aber sie hatte, ehrlich gesagt, nicht alles verstanden.

Auf dem Weg zur Bushaltestelle dachte Luise Huber über einen der vielen ungebetenen Ratschläge ihres ältesten Sohnes nach. Sollte sie wirklich nachgeben und sich eines dieser modernen, winzigkleinen Hörgeräte-Modelle zulegen? Wie sollte sie das bloß mit ihren arthritischen Fingern bedienen? Sie schüttelte den Kopf, als wolle sie den Gedanken und die Empfehlung loswerden. Nun hieß es: Strammen Schrittes weiter, denn in drei Minuten würde der Bus am Kurgarten abfahren.

Drei Monate später flog die Tür des kleinen Reisebüros Eder auf und knallte gegen die große Milchkanne, die als Schirmständer direkt dahinterstand. Derart ging es hier sonst nie zu, und der Eder Florian ließ vor Schreck die Regalklappe herunterkrachen, hinter der er einen Stapel Fernreisen-Prospekte verstauen wollte. Er drehte sich um und blieb mit offenem Mund an der Regalwand stehen. Ein vertrauter Geruch – eine Mischung aus Kuhmist und Traktordiesel – erreichte seine Nase. Er traute seinen Augen nicht: War das etwa ...?

Im Türrahmen stand eine ältere Dame in einem exotischen seidenen Trachtenkleid mit kurzen enganliegenden Ärmeln. Mit der linken Hand drückte sie einen abgewetzten Lederbeutel an ihren Körper, mit der rechten strich sie ihre zerzausten – teilweise verfilzten – silbergrauen Haare zurück. Der Eder-Flori fragte sich, was dieser auffällige rote Fleck in ihrem ungewaschenen Gesicht zu bedeuten hatte.

»Frau Huaber?«

»Duuuuuuuuuuuuuu!«, presste die alte Dame hervor.

»Ja, was hom's denn, Huaberin? Hocken's Iana doch erst amol hi! Mengs a Glaserl Wasser?"

Der junge Reiseverkehrskaufmann versuchte sämtliche Deeskalations-Strategien aus seinen Gehirnwindungen zu schälen, die er auf dem Kommunikationsseminar *Der Kunde als Chance zur Umsatzsteigerung* verschlafen hatte. Um von besagter Kundin nicht als bewaffnet und gewaltbereit eingestuft zu werden, legte er zunächst im Zeitlupentempo den Katalogstapel auf seinem Schreibtisch ab. Hierbei ließ er die von ihm gefühlte Bedrohung keine Sekunde aus den Augen. (Die vielen Folgen *CSI Bad Tölz* hatten sich letzten

Endes gelohnt.) Mit einer rasenden Bauersfrau war nicht zu spaßen, das wusste er aus Erfahrung.

Oma Huber stakste mit erhobenem Zeigefinger auf ihn zu:

»Duuuuuu!«

Der Eder-Flori konnte sich keinen Reim auf das Ganze machen: Vielleicht hatte die lange Zugfahrt die alte Dame überfordert. Dafür war der Ticketpreis aber aufgrund der wenig attraktiven Strecke ersatzlos günstig gewesen. Daran gab es nichts zu meckern, fand er.

Die reiselustige Gläubige fuchtelte weiter mit dem Zeigefinger herum und kam noch näher auf ihn zu – dabei hinterließen ihre offenen Sandalen rotbraune Lehmklümpchen auf dem Fußboden. Florian Eder schaute stumm und hilflos an Frau Huber hinab, die nun direkt vor seinem Schreibtisch stand. Der Geruch einer fremdländischen Gewürzmischung kitzelte ihn in der Nase. Das Kleid erinnerte ihn an eine farbenfrohe Tracht aus diesen mehrstündigen Bollywood-Filmen, die seine Verlobte so gerne sah, und auch der rote Punkt auf der Stirn kam ihm bekannt vor ... Luise Huber stützte sich auf dem Schreibtisch ab, und ihr staubiges Gesicht kam seinem gefährlich nahe.

»Duuu!«, donnerte sie weiter. »Ja, wos glaaabst denn du, wo du mi hi'g'schickt host? I wuilt zu die katholisch'n Kia nach Bamberch – ned zu die heilig'n Kia nach Bombay!«

91

Ende der 80er Jahre hatte ich mich entschieden, meine Studienfächer zu wechseln und mich, unter anderem, für Portugiesisch eingeschrieben. Ohne je die Sprache gehört zu haben, ohne jemals in Portugal gewesen zu sein. Es war Liebe auf den ersten Blick! Manchmal ist das so: Da finden die Dinge zueinander und treffen einen mitten ins Herz. Ungeplant und unerwartet. So ging es mir nicht nur mit diesem Land und seiner wundervollen Sprache, in der ich mich aufgehoben fühle; so ging es mir mit einer Reihe von Begegnungen im Laufe meiner mittlerweile jährlichen Reisen in meine zukünftige Wahlheimat. Eine dieser Begegnungen hat meine Seele besonders berührt.

Vor gut zehn Jahren flog ich direkt von der Frankfurter Buchmesse aus an die portugiesische Silberküste, um zehn Tage lang an einem Theater-Skript für die Shakespeare-Wochen zu arbeiten. Mein Lieblingsbrite in meinem Lieblingsland – das versprach Inspiration und einen guten Workflow. Um den zu erreichen, half mir eine kleine tägliche Routine dabei, gut in den Tag zu starten: Nach dem Aufstehen packte ich meinen Laptop in den kleinen Rucksack und zog in Flip-Flops los. Mein Frühspaziergang führte mich stets an den gleichen Punkten vorbei: Ich startete an meinem Quartier in der Oberstadt, ließ die Wallfahrtskirche rechts liegen, schaute den Wellen dabei zu, wie sie gegen die Klippe am Leuchtturm klatschten und genoss von da oben den Blick über die Unterstadt mit ihrem breiten Sandstrand und dem kleinen Fischerhafen. Als nächstes stieg ich die mehrere hundert Meter lange Steintreppe hinab in den Ort, schlenderte durch die schmalen Gassen und lief mit nackten Füßen auf den weißen glatten Mosaik-steinen die Promenade entlang. Selbst an jenem bedeckten Morgen war es angenehm gewesen, auch ohne die sonst wärmende Oktobersonne. Irgendwo zwischendrin würde ich anhalten, mir ein schönes Plätzchen mit Blick aufs Meer suchen und an meinem Text weiterarbeiten. Auf dem Rückweg würde ich, wie immer, barfuß durchs Wasser zurück zur Klippe stapfen und die Kabelbahn hoch in die Oberstadt nehmen. Zum Abschluss wartete mein Stammcafé auf mich. Ich liebte dieses Ritual!

Es war Sonntag, und ich hatte mir soeben in dem kleinen Laden neben der Markthalle etwas Obst gekauft. Der Überlandbus aus Lissabon traf gerade auf dem Parkplatz neben mir ein, und ein alter Mann stieg vorsichtig aus, wobei er auf der letzten Stufe des Busses zunächst stehenblieb und sich am Türgriff festhielt. Er sah nicht portugiesisch aus – dafür war er zu groß, zu hellhäutig, und auch die schlohweißen flusigen Haare ließen eher auf einen Mittel- oder Nordeuropäer schließen. (Außerdem kannte ich keinen Portugiesen, der braune Ledersandalen mit Socken trug. Solch eine hellgraue Übergangsjacke schon, die schien bei Senioren international beliebt zu sein, nicht aber diese Kombination an den Füßen.) Ich fand den älteren Herrn sofort sympathisch – er hatte in seiner

Zerbrechlichkeit und wie er mit seinen Augen so leicht herumsuchend auf dem Treppenabsatz stand – etwas Herzwärmendes. Es war wie eine Mischung aus Bedürftigkeit und Selbstständigkeit. Ich lächelte ihm freundlich zu, ich weiß bis heute nicht einmal, warum ich den Impuls dazu hatte. Auf seinem Koffer klebte ein Deutschland-Schildchen, eines dieser internationalen Länderzeichen, die früher neben den Autokennzeichen prangten, und ich nahm es zum Anlass, ihn auf Deutsch anzusprechen:

»Ich wünsche Ihnen einen schönen Urlaub hier in Nazaré! Da haben Sie sich aber nicht gerade das schönste Wetter ausgesucht …«

»Das macht mir nichts aus«, antwortete er und lächelte zurück. »Ich werde nur meinen letzten Urlaubstag hier verbringen – ich musste dem Lissaboner Trubel noch einmal entfliehen.«

Er drückte sich gewählt aus, aber auf eine unaufdringliche Art. Es passte zu ihm. Ich fragte mich, welchen Beruf er wohl früher ausgeübt haben mochte.

»Heute Abend nehme ich den Spätbus zurück«, ergänzte er, trat nun endgültig auf den Gehsteig und machte ein paar Schritte vom Bus weg auf mich zu. Er wackelte ein wenig, sein Köfferchen schwankte ebenfalls seitlich hin und her. Abenteuerlustig sah das aus. Dabei strahlten seine Augen, und um seinen Kopf herum tanzten ein paar lange dünne Haarsträhnen im Wind, der hier am Atlantik allgegenwärtig war.

»Na dann viel Spaß!«, wünschte ich. »Wissen Sie schon, was Sie sich ansehen möchten?«

»Ich lasse mich treiben«, gab er zurück. »Die schönsten Erlebnisse in meinem langen Leben waren die, die nicht geplant waren. Haben Sie auch einen schönen Tag!«

Er hob die freie Hand zum Gruß, und ich schaute ihm nach, wie er zunächst ein wenig orientierungslos umherschaute, dann seinen Blouson richtete und an mir vorbei die kleine Stichstraße herunter Richtung Strand ging. Dabei wehte sein Haar so lustig, und ich konnte nicht anders als zu schmunzeln, obwohl ich es unangemessen fand.

Den Tag über liefen wir uns mehrmals über den Weg; das ist in einem kleinen Ort wie Nazaré nicht schwierig. In der Seefahrerkapelle, in der Schlange vor der italienischen Eisdiele und sogar oben im Sítio, der Oberstadt, traf ich ihn wieder. Er saß an einem der wackeligen Holztische vor einem der kleinen Restaurants und zerlegte fachmännisch einen Fisch. Wir lächelten einander an und nickten uns kurz zu. Ich war fast zuhause: Vom Restaurant musste ich nur noch über den kleinen Platz an der Museumsmauer entlang bis zu meinem Stammcafé, über dem sich mein gemietetes Zimmer befand. Es war Zeit für einen Espresso. Den hatte ich mir redlich verdient, denn schließlich war ich zwei Stunden unterwegs gewesen.

Als die Sonne unterging, machte ich, wie gewöhnlich, auf meinem Abendspaziergang einen kleinen Schlenker über den Platz vor der Wallfahrtskirche. Ab der Dämmerung wurde sie wundervoll in verschiedenen Farben angestrahlt, dahinter hingen die Wolken über dem Horizont in Orange und Rot getaucht. Ich setzte ich mich kurz auf die Holzbank unter eine der riesigen Palmen. Ganz unglaublich, dieser Gesang!

Hunderte kleiner Vögel saßen um diese Tageszeit in der Palmkrone und zwitscherten. (Man kann gar nicht anders, als frohen Mutes und gut gelaunt wieder von dieser Bank aufzustehen und weiter seines Lebensweges zu ziehen. Jeder Mensch, der jemals ein paar Meter weiter mit düsteren Gedanken an der Brüstung dieser monströsen Klippe steht, sollte zurück zu diesen Palmen gehen und sich dort eine Weile hinsetzen. Echt wahr.) In die Mauer der Brüstung sind Sitzflächen eingearbeitet, von denen aus man einen Traumblick auf den Strand, die Fischerboote und die untergehende Sonne hat. Je nach Jahreszeit teilt man diese magischen Momente mit mal mehr, mal weniger vielen Touristen, aber die Magie ist trotzdem da, egal, wie voll es ist.

Wer an diesem Abend auch da war, war der alte Mann. Ich hatte ihn schon von weitem an seinem Haar und seiner Jacke erkannt. Er lehnte regungslos in einer der steinernen Einbuchtungen sitzend am Mauerwerk. Seine Augen waren geschlossen, sein Mund stand offen, ein Speichelfaden rann auf sein Hemd. Ganz friedlich saß er da, den Kopf auf die Brust gesenkt. Einen kurzen Moment schloss ich die Augen und schickte ein Stoßgebet nach oben. Bitte nicht! Ich beobachtete seinen Oberkörper und versuchte herauszufinden, ob sein Brustkorb sich hob und senkte. Er saß so unbeweglich und starr da. Ich sah mich um. Da war niemand außer ein paar Einheimischen, die etwas weiter weg mit Weingläsern und einer Flasche Rotem in der Hand den Tag ausklingen ließen. Ich sah dabei zu, wie sich der Speichelfaden auf dem hellblauen Hemd zu einem Fleck formte.

»Hallo!?« Ich schüttelte den alten Herrn sanft am Oberarm. Sein Mundwinkel zuckte. Gott sei Dank ... »Aufwachen«, sagte ich leise zu ihm. Und noch einmal. Mensch, hatte der einen tiefen Schlaf! Ich rüttelte ihn erneut, nun etwas fester, und sprach etwas lauter: »Hallo, aufwachen, Sie müssen zum Bus!«

Langsam öffnete er die Augen. Schaute mich verwirrt an – wie ein kleines Kind, das man nachts aus dem Tiefschlaf reißt. Nicht in dieser Welt.

»Wo ... wo sind wir?«

»In Nazaré, oben im Sítio«, sagte ich leise und strich ihm über den Arm. »Kommen Sie, ich bringe Sie zur Kabelbahn. Sie müssen doch ihren Bus mitbekommen!« Er nickte dankbar, strich sich die weißen Flusen über dem Kopf glatt und stand etwas zu abrupt auf.

»Hoppla«, lachte ich und hakte ihn unter, bis er sicheren Stand hatte.

»Ja, richtig. Ja. Morgen früh geht mein Flieger nach Köln. Um eins. Wohin müssen Sie?«, fragte er. »Nicht, dass Sie meinetwegen zu spät kommen!«

»Ach«, wehrte ich ab, »auch nach unten in den Ort zurück. Ist mein Abendspaziergang. Ohne Eile.« Wie süß! Dachte er, ich hätte hier wichtige Termine zu verschieben, wenn ich ihn ein Stück begleitete?

Ich nahm seinen kleinen Koffer, und wir gingen gemächlichen Schrittes an den Verkaufsständen vorbei, die den großen Kirchplatz umsäumten. Die Verkäuferinnen mit den angeblich sieben Unterröcken begannen langsam, ihre bunte Ware einzupacken und für heute Feierabend zu machen. Einige wurden mit dem Auto von Familienangehörigen abgeholt und packten Kisten in den Wagen.

Hier wurden die Alten noch »gebraucht«, dachte ich wehmütig. Hier stirbt niemand vor Einsamkeit und Langeweile, dachte ich, hier fühlt sich niemand nutzlos. Hier wurde die Oma in einen Gartenstuhl an die Promenade gesetzt, bekam ein Schild in die Hand mit der Aufschrift »Quartos – Room's – Habitaciones – Zimmers« und war als lebendige Litfaßsäule der wichtigste Werbefaktor des familiären Beherbergungsbetriebes.

Während ich über meine eigenen Perspektiven im Alter nachdachte, bemerkte ich, wie der alte Mann alles in sich aufsog, was um ihn herum passierte. Wie er sich die Ware ganz genau anschaute, wie er die Menschen beobachtete, wie wissbegierig er Plakate las. Ich wurde traurig, als ich daran dachte, dass dies vielleicht seine letzte Reise sein könnte. Wie alt er wohl sein mochte?

»Schauen Sie mal hier: Kennen Sie das?« Sein Gebiss fiel beinahe heraus, während er sprach. Ich ignorierte es, es war geradezu niedlich. Wie konnte man an einem einzigen Tag, in so wenigen Stunden und Augenblicken jemanden so sehr in sein Herz schließen? Jemanden, dessen Namen man nicht einmal kannte.

»Was denn?«, fragte ich zurück.

Er zeigte auf ein bunt lackiertes Boot aus Holz in der Größe einer Getränkedose.

»Das steht im Original unten am Strand, oder?«, riet ich.

»Ja, genau«, freute er sich. Und etwas leiser: »Ich war damals dabei, als es dort aufgestellt wurde. Mit meiner Frau. Sie ist letztes Jahr gestorben.«

Ich blieb stehen, berührte vorsichtig seinen Arm. Er

tat mir leid. Ich kannte weder ihn, noch hatte ich sie gekannt, und dennoch hätte ich weinen können. Noch bevor ich ihm mein Bedauern ausdrücken konnte, fügte er hinzu:

»Ich bin 91 Jahre alt.«

»Echt wahr?«, warf ich dazwischen, überrascht. Das hatte ich nicht gedacht.

»Ja, meine Frau war auch 91, als sie starb. Sie war fast zwei Jahre älter als ich. Wissen Sie, wir sind dreißig Jahre lang zusammen verreist: Südafrika, Amerika, Europa. Da macht man dann einfach weiter.«

Er setzte den Weg in Richtung Kabelbahnstation fort – so, als wolle er seinen Körper seine Worte unterstreichen lassen. Ich blieb einen Schritt hinter ihm. Ich war gerührt und stellte mir vor, wie ich vielleicht später ganz allein meinen Lebensweg weitergehen würde. Müsste. Wie schlimm musste das für ihn sein? Dreißig Jahre. Ob sie sich erst mit sechzig kennen gelernt hatten? Eine späte Liebe vielleicht? Drei Jahrzehnte gemeinsamen Reisens ... Oder hatten sie jung geheiratet und nach dem Berufsleben Zeit für die Erkundung der Welt gefunden? Ich hatte Tränen in den Augen. War er einsam? Hatte er Kinder? Vielleicht konnte ich irgendwo auf seinem Gepäckstück ein Namensschild oder einen Kofferanhänger entdecken.

Ich begleitete ihn bis zur Station, half ihm die Stufen hinauf.

»Ach, wissen Sie was?«, bot ich an, als würde ich einem spontanen Einfall folgen. »Ich fahre einfach auch mit der Bahn hinunter, dann brauche ich nicht zu laufen. Ich bin heute schon genug gewandert ...«, log ich.

»Gerne!«, sagte er.

Ich hoffte, dass er nicht log.

Während der Fahrt, die so langsam war, dass man währenddessen von außen die Fenster des Waggons hätte putzen können, schwiegen wir. Still blickten wir hinunter auf den Sandstrand und die glitzernden Wellen. Die ersten Lichter an der Promenade wurden in der Unterstadt eingeschaltet. In einer Stunde ungefähr würde der Nachtbus abfahren. Man konnte im Norden einsteigen und am anderen Morgen an der Algarve aussteigen. Oder eben in Lissabon.

Als wir die Bahn verließen, stellte der alte Herr seinen Handkoffer auf eine der Wartebänke im Stationsgebäude und öffnete ihn. Er zog vorsichtig einen kleinen weißen Karton aus einer Plastiktüte hervor.

»Für Sie, zum Dank«, sagte er und übergab mir den Karton. Ich ahnte, was darin war.

»Aber die haben Sie doch sicherlich für sich gekauft!«

»Ach, lassen Sie mal, ich kaufe mir einfach am Flughafen morgen früh neue ... Diese hier sind für Sie. Dafür, dass Sie mich geweckt haben!«

»Das habe ich gerne gemacht. Ich konnte Sie doch nicht da sitzen lassen!«

»Die meisten hätten das«, antwortete er ohne Bitterkeit und drückte mir das Paket in die Hand.

»Dann sage ich herzlichen Dank – ich liebe Pastéis de Nata!« Ich freute mich wie ein kleines Kind. Die kleinen runden Blätterteigförmchen mit der leckeren Puddingcremefüllung waren einfach meine liebsten

Gebäckteilchen auf der ganzen weiten Welt! Echt wahr.

»Wenn Sie mögen, kann ich Sie bis zum Busbahnhof begleiten«, bot ich an. Irgendwie wollte ich mich noch nicht verabschieden. »Ich muss sowieso in die Richtung.« Ich log schon wieder.

»Gerne«, sagte er, stützte sich auf meinen Arm und begann zu erzählen, während wir liefen und ich – wie selbstverständlich – seinen Koffer trug. »Meine erste Reise habe ich als kleiner Junge gemacht: Das war Anfang der 30er Jahre.«

Ich staunte.

»Ich bin mit einer JU52 über Berlin geflogen. Meine Eltern haben mir den Rundflug zum zehnten Geburtstag geschenkt.« Er strahlte und sah aus wie der schelmische zehnjährige Junge, der er sicherlich einmal war.

Den Rest des Weges gingen wir schweigend, der alte Mann war mittlerweile erschöpft.

So ein anstrengender Tag, dachte ich. Selbst für mich.

Ich löste ein Ticket für ihn am Schalter des Busbahnhofs, und wir saßen noch einen Moment auf der Bank. Die Sonne war inzwischen weg, es war kühl geworden, und ich fröstelte ohne Jacke und Socken.

»Ich möchte Ihnen auch etwas schenken«, sagte ich ein paar Minuten vor der Abfahrt.

»Das müssen Sie nicht, meine Liebe«, lächelte er.

Ohne zu antworten, zog ich ein kleines Büchlein aus meinem Rucksack. Es war meine allererste Veröffentlichung, sie enthielt eine Novelle und eine Kurzgeschichte, die beide in Portugal spielten. Ich hatte in meinem Schreiburlaub jeden Tag ein Exemplar in der

Tasche, um es auf meinen Spaziergängen und Streifzügen deutschen Touristen zu schenken, die ich unterwegs traf und die ich nett fand. Einfach so. Mal
überraschte ich ein Pärchen im Museum damit, mal
eine Rucksacktouristin in einer Kneipe, mal eine
Familie beim Picknick an einer Burgruine. Ich weiß
bis heute nicht, wo all diese Exemplare im Laufe der
Zeit gelandet sind, aber ich eins weiß ich: Niemand
hat sie bislang gebraucht verkauft – das Buch ist ver-
griffen, und mich beseelt die Vorstellung, dass es als
ungewöhnliches Urlaubs-andenken in Ehren gehalten
wird. Wohin dieses Exemplar mit dem alten Herrn
wohl reisen mochte? Ich würde es nie erfahren.

Der Bus hielt am Bahnsteig, der alte Herr drückte lange
mit seinen knochigen Händen die meinen, stieg ein
und verschwand hinter den dunkel folierten Fenster-
scheiben. Ich schämte mich fast für die Wehmut, die
ich verspürte. Für die Traurigkeit, die mich erfasste.
Die Melancholie, die doch so gut in dieses Land und
zu seiner Sprache passte.

Ich hätte noch so viel wissen wollen.
  Dieser Satz.
  Er gehörte zu dem alten Herrn.
  Er gehörte zu meinem Vater, der 85-jährig vor
einigen Jahren verstorben war.
  Er gehörte zu meinem Uropa, der 98 geworden war
und mit 96 das erste Mal im Krankenhaus gelegen
hatte.
  Ich hätte noch so viel wissen wollen.

Ein halbes Jahr später erreichte mich ein handgeschriebener Brief aus einer Stadt nicht einmal zwei Stunden von meinem Wohnort entfernt. In einer Handschrift, die zu meinem Vater und zu meinem Uropa hätte gehören können. Das Buch mit der portugiesischen Geschichte habe ihm so gut gefallen, und er sei mir so dankbar, und es sei ein so netter Kontakt gewesen. Da habe er seinen Neffen gebeten, doch nach meinem Namen im Internet zu suchen.

Wir telefonierten in den darauffolgenden eineinhalb Jahren von Zeit zu Zeit. Er verfolgte, wie ich beim Schreiben vorankam – ich verfolgte, wie er in der Weltgeschichte umherreiste. Dorthin, wo er mit seiner Frau gewesen war. Wir sahen uns zweimal wieder. Einmal in seinem Zuhause, wo er mit seiner Frau bis zu deren Tod gelebt hatte. Ein letztes Mal auf seiner Beerdigung. Vater war er leider nie gewesen, aber Onkel. Seiner Familie hatte er von unserer Begegnung in Portugal erzählt und davon, wie ich ihn »gerettet« und seine Heimreise sichergestellt hatte. Als sie dann nach seinem Tod in seiner Wohnung gewesen wären, hätten sie mein Buch auf dem Beistelltischchen liegen sehen. Und es sei ihnen ein Herzenswunsch gewesen, mich zur Beisetzung einzuladen. Mir war es eine Ehre.

Einen Tag nach meiner Rückkehr war ich auf einer großen Literaturveranstaltung. Meine Eintrittskarte hatte die Nummer 91. Echt wahr.

Earth revisited

»Ihr seid doch schon wieder ohne Aufsicht – das sehe ich doch!«

Die Stimme aus dem Off donnerte dermaßen durchs Universum, dass sich die Milchstraße durch den Druck eine Dimension weiterschob und der Erd-Apfel an seinem Erdachsen-Ast gehörig ins Wanken geriet.

»Mein Gott, chill mal dein Gesicht!« Karin rollte mit den Augen gen Himmel, kaute auf ihrem Grashalm herum und legte den anderen Fuß auf das andere Knie.

»Du solltest dir kein Bild von mir machen!«, wies die Stimme sie zurecht. »Woher weißt du also, wie ...?« Gottes Zorn brachte mit einer erneuten Welle das Weltkugel-Obst ins Trudeln.

»Krasser Dolby Surround-Sound! Grundgütiger ...« Abdel nickte anerkennend.

»Das habe ich gehört!«

»Jaja, deinen Namen sollten wir auch nicht in den Mund nehmen«, mischte sich Karin ein, wie immer wenig beeindruckt. »Wir haben die Anweisungen gelesen.« Sie blieb liegen und sah in aller Seelenruhe dabei zu, wie der Apfel damit beschäftigt war, sich auszupendeln. Er sah irgendwie überfordert aus. Ein kleines Blatt hatte den Halt verloren und wehte resigniert zu Boden.

»Was ist hier überhaupt los?«, donnerte Gott erneut und ignorierte fürs Erste diesen allseitigen Anflug von

Aufmüpfigkeit. »Ich hatte euch eine klar definierte Aufgabe gestellt. Da lässt man euch *ein*mal für ein paar Jahrzehntausende allein und alles versinkt im Chaos.«

Abdel übte sich, wie üblich, im absichtsvollen Überhören von Kritik und schien am anderen Ende des Universums einem imaginären Stern beim Verlöschen zuzusehen.

»Ich habe euch etwas gefragt! Adam, Eva, ihr als Dienstälteste?«

»Ja, Gott?«, keuchte Adam, während Eva an seiner Räuberleiter emporkletterte, um die Schäden auf dem Welt-Apfel besser betrachten zu können. »Du siehst doch, wie wir uns abstrampeln! ... Sag mal, hast du zugenommen, Eva?«

»Spinnst du?« Eva rutschte beinahe unabsichtlich mit dem linken Fuß ab. »Seit wir fast alle Wege mit dem Rad erledigen und dem Industriezucker abgeschworen haben: sehr unwahrscheinlich ... Wir bemühen uns wirklich, Gott«, fügte sie schnell hinzu. »Hör auf zu wackeln, Adam!«

»Bemühen? BE-MÜ-HEN?«

Karin stellte sich vor, wie Gott rot anlief und der Blutdruck anstieg. Ob Götter eigentlich auch einen Herzinfarkt erleiden konnten, wenn sie sich aufregten? Karin kicherte, spuckte den Grashalm aus und hörte Gottes Groll beim Wachsen zu.

»*War stets bemüht* reicht aber nicht! Was hatte ich gesagt? *Zweite Chance* hatte ich gesagt.«

»... und die letzte, ja«, gab Eva leise zu.

»Richtig! Was hatte ich noch gesagt?« Gott klang fordernd. »Vielleicht eins von den Kindern – die können sich angeblich Dinge besser merken?! Nun, Karin und Abdel?«

War Gott jetzt zum Quizmaster mutiert, oder was? Abdel probierte es weiter mit Ignoranz.

»*Verkackt es nicht wie beim letzten Mal?*«, zitierte Karin vorsichtig.

»Kind!«, ermahnte Gott. »Achtsamkeit beginnt bei der Wortwahl! Wie war der genaue Wortlaut? Eva?«

»*Verbockt es nicht wieder?!*«

»Exakt. Daran warst du ja nicht ganz unbeteiligt!«

»Aber die Schlange ...«

»Stopp! Das hatten wir zu Genüge ... Wie lautete der Arbeitstitel eurer Mission? Adam?« Gott klang formal.

»*Schöpfung 2.0?!*«

»Korrekt. Wie lautete das Mantra eurer Mission? Kinder?«

Schweigen.

»Wir sind hier nicht in der Schule, es gibt keine Noten.« Gott atmete ein. »Hier geht es um euer Leben, eure Zukunft. Nicht um die Berechnung von schiefen Ebenen, sondern darum, die Schieflagen auf allen Ebenen zu bemerken. Zu begradigen. Zu bekämpfen. Zu beenden. Also?«

Karin meldete sich und rezitierte leiernd:

»*Wir kümmern uns um das, was er ...*«

Eva erhob den Zeigefinger:

»*... oder sie!*«

»*... oder sie*«, nahm Karin auf, »*geschaffen hat und kümmern uns um das, was wir geschaffen haben. Wir halten es in Einklang und leben mit altem Wissen und neuen Werten. Wir werden es achten, teilen und pflegen, bis dass der Tod uns dahinscheiden lässt.*«

»Aha. Ich höre die Worte, gleichwohl sehe ich die Taten nicht.«

Adam protestierte:

»Das kannst du so aber nicht sagen, Gott! Wir trennen unseren Müll, wir essen nur noch einmal in der Woche Fleisch ...«

»... wir kaufen unser Obst und Gemüse unverpackt beim Bauern«, ergänzte Eva, »und engagieren uns bei...«

»Das reicht nicht!«, ging Gott dazwischen. »Schaut euch den Erd-Apfel an: Unten eine faule Stelle, eine Hälfte brennt, zu wenig Wasser und auf dem Grün liegt bereits ein Schatten.«

»Das ist doch nicht unsere Schuld!«, warf Adam ein – müde von der Last, die auf seinen Schultern stand.

»Schuld, Schuld ... Wenn ich das höre! Es geht nicht um Schuld.«

»Sondern?«, wollte Karin wissen und wippte mit dem Fuß auf und ab. Die faule Stelle an der Unterseite war mit den Jahren größer geworden, das stimmte wohl. Aber was konnte man dagegen tun? Überhaupt: Wie es oben aussah, konnte man von hier unten schließlich nicht sehen.

»Wir sind zu wenige!«, klagte Eva.

»Ihr seid Milliarden!«, sagte Gott. »Wenn alle nach ihren Möglichkeiten ...«

»Was können wir denn ausrichten?«, fragte Adam. Tat er nicht schon mehr als andere? Ging er nicht schon jetzt über seine Grenzen? Kraft und Finanzen waren am Limit. Zu wenige Tropfen, zu viele heiße Steine.

»Ist es nicht eigentlich deine Aufgabe?«

Abdel traute sich was.

»Meine Aufgabe? MEI-NE AUF-GA-BE?« Gott klang fassungslos.

»Na ja, so von wegen Verursacherprinzip und so.« Karin grinste. Gott musste sich bestimmt gerade erst einmal einen Moment hinsetzen.

Sekundenlang war es still. Man hätte die Polkappen schmelzen hören können. Dann, als alle damit rechneten, dass Gott aufs Neue lospolterte, erklang die Stimme kaum hörbar:

»... acht, neun, zehn.« Gott atmete aus. »Jetzt will ich euch mal etwas sagen, Erdlinge: Nicht nur ihr hattet einen schweren Tag. Gut, mit Ausnahme von dir, Karin. Juckt dich alles nicht, stimmt's?« Gott seufzte. »Beneidenswert. Manchmal wäre ich gerne ein bisschen gelassener – wie du.«

Karin runzelte überrascht die Stirn.

»Das würde euch, Adam und Eva, übrigens auch gut zu Gesicht stehen!«, fuhr Gott fort.

Karin lächelte. Die Ansage gefiel ihr. Weniger Stress für alle.

»Gelassenheit?«, lachte Adam auf. »Andere nennen es Faulheit.«

»Besonnenheit und eine gute Beobachtungsgabe sind wichtige Voraussetzungen für sinnvolles und zielgerichtetes Handeln«, merkte Gott an. »Wilder Aktionismus bringt euch auch nicht voran. Schon vergessen?«

Eva dachte an die schmerzvolle Erfahrung bei der letzten Friedensdemo. Adam nickte, Abdel schaute weg.

»Und zu dir, Abdel: Schau hin, Herrgott nochmal!

Die Probleme verschwinden nicht, nur weil du dich wegdrehst. Der Müllberg wächst trotzdem.«

»Vor allem in seinem Zimmer ...«, flüsterte Adam.

»Die leeren Pizzakartons unterm Bett meine ich nicht, Adam. Ich meine den, den ihr durch diese Kartons mitverantwortet. Dann wären da noch ...«

Abdel schaltete ab und betrachtete die Galaxie. Vielleicht gab es ja irgendwo einen Planeten, der sich als bewohnbar herausstellte. Problem gelöst. Er war immer noch in Gedanken versunken, als Karin Gottes Vortrag genervt unterbrach:

»Herrgott, wie lang geht deine Liste denn noch?«

Adam schickte ihr einen bösen Blick. So konnte man doch nicht mit Gott reden!

»Wie dem auch sei«, schloss Gott den Mahnmonolog, »ich denke, ihr habt verstanden!?«

Adam, Eva, Abdel und Karin blickten auf.

»Dann fasst bitte noch einmal zusammen, was ich euch aufgetragen habe!«

»Also doch wie in der Schule ...«, murmelten Karin und Abdel gleichzeitig – überrascht von der Tatsache, dass sie sich ausnahmsweise einig waren.

»Nun?«, drängte Gott. »Ich muss gleich weiter: Die Inspektion vom Großen Wagen steht an.« Gott hatte ein ganz schönes Tempo drauf. Erst sich zeitalterlang nicht blicken lassen und dann ...

»Also ...«, begann Eva und sah hilflos zu Adam hinunter.

»Äh ...«, stotterte Adam und sah hoffnungsvoll zu Karin herüber.

»Tja ...«, meinte Karin und sah sich die faule Stelle genauer an.

Abdel meinte nichts und sah nichts.

Gott nahm einen erneuten Anlauf:

»Kümmert euch um das, was ich geschaffen habe und kümmert euch um das, was ihr geschaffen habt. Haltet es in Einklang und lebt mit altem Wissen und neuen Werten. Ihr sollt es achten, teilen und pflegen, bis dass der Tod euch dahinscheiden lässt.«

»Aber ... das hatten wir doch schon!«, wunderte sich Eva.

»Und?«, wunderte sich Gott. »Daran hat sich auch nichts geändert.«